침묵에 갇힌 소년

침묵에 갇힌 소년

로이스 로리 지음 · 최지현 옮김

f

○ 차
   례

○1987년
6월

어느새 나는 아주 늙어 이렇게 할머니가 되었다. 몇 년 전 꼬마 환자들이 붙여 준 대로 나를 의사쌤이라고 부르며 증손자들이 이야기를 해 달라고 하면, 나는 꼬부랑 꼬리에 분홍색 리본을 달고 말을 하는 돼지 이야기나 조끼를 입고 지팡이를 든 원숭이 이야기를 내 마음대로 만들어 들려준다. 그럴 때면 나는 그 옛날 수술실에서만큼이나 어설프고 바보 같다.

내가 여기서 털어놓으려는 이야기를 증손자들에게 들려주려 하면 아이들의 엄마 아빠는 아이들의 머리 너머로 경고의 표정을 지어 보일 것이다.

하지 마세요, 그만 두시라고요, 라는 표정으로.

그건 너무 울적하고도 복잡한 이야기니까.

너무 오래된 이야기이기도 하고.

그래서 증조할아버지의 이름을 딴 꼬마 오스틴과 쌍둥이 샘과 조, 중국에서 입양되었고 눈매가 쾌활한 릴리, 내 이름을 땄지만 예전에 내가 사용한 캐티나, 지금의 케이트가 아니라 진짜이름으로 불러 주기를 고집하는 진지한 캐서린이 내게 와서 이야기를 해 달라고 할 때, 나는 이 이야기만은 하지 않는다. 이이야기는 한 아이에 관한 이야기이긴 하지만 아이들에게 맞는이야기는 아니다.

　하지만 시간이 흐르면 아이들 가운데 하나가 시내 서쪽을 지나며 차창 밖으로 돌보지 않아 황량한 벌판에 서 있는, 창문에판자를 덧댄 커다란 석조 건물을 볼지도 모른다. 그리고 그 건물을 가리키며 물을 것이다.

　"저게 뭐예요?"

　아이들 눈에 벌판을 둘러싼 돌담 위로 담쟁이덩굴이 자라는것이 보이고, 그 사이로 철문이 붙어 있었으나 이미 오래전에 떨어져 나간 기둥이 보일지도 모른다. 그리고 그 기둥에 새겨진 글씨를 보게 될지도 모른다.

　'어사일럼(*ASYLUM, 정신병자·고아·노인 등을 수용하는 보호시설. 이하 *표시—옮긴이 주).'

　내가 글자를 배울 때 그랬던 것처럼, 아이들은 처음에는 그낯선 단어를 발음하지 못할지도 모르겠다.

　"저게 뭐예요? 뭐 하는 거예요?"

나는 이제 그 이야기를 써 내려가려 한다. 아이들은 이야기를 읽는 동안 그 질문에 대한 답을 얻게 될 것이다.

하지만 어디에서부터 시작하지?

내 이야기부터 시작해야겠다. 여기 이 오래된 사진 속에서 세일러복을 입고 진지한 표정을 짓고 있는(또한 뿌듯한 표정이기도 하다. 새 옷이었고, 어른이 된 것 같은 기분이었으니까) 나는 열세 살 캐티 대처다. 헨리 대처와 캐롤린 대처 부부의 장녀이자 8년간 무남독녀였던 나는 내가 생각해도 정말 진지한 아이였다.

오차드 거리에 있던 우리 집은 컸다. 지붕을 인 커다란 집 옆으로는 아빠의 진료실이 있었다. 그리고 집 현관문에서부터는 자갈길이 마당을 가로질러 뻗어 있었다. (자갈길은 떡갈나무 사이로 나 있었는데, 가을이면 말들을 돌보며 잡다한 일을 하는 마구간 아이 레비가 떨어진 낙엽을 긁어 내느라 바쁜 나날을 보내곤 했다.) 샛문에는 '의학박사 헨리 대처'라고 적힌 작은 간판이 달려 있었다. 베란다 지붕 위에 있는 내 방 창문에서는 아픈 아기를 안은 엄마나 관절염, 작은 통증, 여러 가지 괴로움을 겪는 환자들이 대문의 빗장을 열고 아빠에게 오는 것을 볼 수 있었다.

열세 살이 되자 나도 아빠처럼 의사가 되고 싶다는 것을 알게되었다. 나는 유럽에서 맹위를 떨치고 있는 전쟁에 관한 기사를 읽었고, 그 먼 곳에서 일어난 전쟁이나 끔찍한 전쟁의 참상 같은 이런저런 이유 때문에 내 마음을 접을 수 없었다.

나는 부모님이 친구이자, 옆집에 사는 비숍 부부와 하는 이야기를 들었다. 비숍 부부는 장남인 폴 때문에 고민하고 있었다. 폴은 그때 막 프린스턴 대학교를 졸업할 참이었고, 이후에는 법학 대학에 진학한 다음 아버지 회사에 들어가기로 되어 있었다. 그런데 1915년 당시에는 전쟁에서 아직 미국 청년들을 차출하지 않았는데도, 폴은 입대하고 싶어했던 것이다.

하지만 열세 살의 나는 전쟁 기사를 읽으면서 오로지 부상자들에 대한 생각뿐이었다. 내가 만약 의사라면 어떻게 부상자들의 뼈를 붙이고 화상을 치료할 수 있을까 하는 생각을 했다. 나는 아빠가 하는 것을 수없이 보아 왔던 것이다.

샌프란시스코가 지진으로 무너져 내렸을 때, 나는 네 살도 채 되지 않았다. 그렇게 어렸지만 나는 그때 일을 들어 알고 있었다.

여덟 살에는 뉴욕에서 있었던 끔찍한 화재 소식을 들었다. 공장에서 일하던 많은 소녀들이 옷에 불이 붙은 채로 창문에서 떨어져 죽거나 화상을 입거나 다쳤다. 사람들이 공포에 사로잡혀 지켜보고 있는 길거리에서 말이다.

엄마는 내가 이야기를 듣고 있는 것을 보고는 아빠에게 "쉿!"이라고 했다. 하지만 아빠는 나의 관심이 단순한 아이의 호기심이 아니라 진지하다는 것을 알고는, 나중에 내게 자세히 이야기해 주었다. 비록 어린아이였지만 나는 아빠와 죽음이 어떻게 오는지, 늘 가능한 건 아니더라도 종종 의사가 어떻게 죽음을 물리치는지, 혹은 어떻게 죽음을 억제하는지, 그게 아니면 적어도 어떻게 하면 죽음이 쉽게 오도록 할 수 있는지에 관해 이야기를 나누었다.

열세 살, 내가 그토록 뿌듯해 한 세일러복을 가지게 되었을 무렵에는 이미 그런 많은 순간들이 지나간 후였다. 샌프란시스코는 재건되었고, 트라이앵글 블라우스 공장 화재는 공장 노동자를 보호할 수 있는 새 법을 만드는 계기가 되었다.

그리고 내가 열세 살이었을 때, 마을 어귀에는 어사일럼이라고 불리는 석조 건물이 서 있었다. 신문 사설에서는 그 건물을 두고 '눈엣가시'라는 표현을 썼고, 주택단지 개발 부지를 마련하기 위해 건물을 부순다는 말도 있었지만, 그 건물은 지금도 건재하다. 창문들은 판자로 막혀 있고, 땅에는 쓰레기가 널려 있지만 말이다.

젊은 시절, 오스틴과 사귈 무렵에 우리는 이따금 손을 잡고 그 길을 걷곤 했다. 가끔은 한 소년이 떨어뜨렸을지도 모르는 묘안석 구슬이 반짝이고 있지는 않은가 싶어 나도 모르게 땅을 흘깃거리곤 했다. 그리고 그때도 그랬고, 지금도 내게 새끼고양이를 주고 내 인생을 송두리째 바꿔 놓은 그 소년이 궁금하다. 소년의 이름은 제이콥 스톨츠.

이제 내가 써 내려갈 이야기가 바로 그 소년 이야기다.

○1908년
9월

내 친구 오스틴 비숍은 우리 옆집에 살았다. 나는 다음 달 여섯 번째 내 생일 파티에 오스틴을 초대할 생각이었다. 오스틴은 이미 여섯 살이 되었는데, 내게 글을 읽을 수 있다고 했다. 나는 진짜라고 생각했다. 오스틴이 쥐에 관한 이야기책을 보여 주며 내용을 말해 주고 나서 나중에 다시 이야기를 해 주었는데 사용한 낱말들이 정확히 똑같았기 때문이다. 읽는다는 것이 언제나 낱말들을 똑같게 만든다는 것을 나는 알고 있었다.

제시 우드도 파티에 올 예정이었다. 제시는 비밀이라면서 생일 선물로 분홍 꽃무늬가 있는 찻잔 세트를 가지고 올 거라고 이야기해 주었다. 제시는 말하지 않겠다고 자기 엄마와 약속했다고 했다. 약속은 아주 중요하고도 어른스러운 일이기 때문에, 만약 내가 말하지 않겠다고 약속했다면 난 절대, 정말로 말하지 않을 것이다. 하지만 제시는 가끔 말을 듣지 않았다. 제시는 엄마와의 약속을 어기고, 그 분홍 꽃이 장미이고 찻잔은 진짜 도자기라는 말까지 해 주었다.

오스틴의 형 폴은 파티에 초대되지 않았다. 내 파티에 오기에는 폴이 너무 컸기 때문이다. 폴은 조금 있으면 열다섯 살이었고, 자기 책상과 여러 자루의 연필과 지도가 들어간 책을 가지고 있었다. 또 폴은 아주 날카로운 접이 칼을 가지고 있었는데, 우리 같은 아이들은 절대 만질 수 없었다. 폴은 자기 아버지의 파이프 담배를 피워 보려고도 했다. 하지만 담배 피우기엔 아직 너무 어렸고, 결국 구역질을 하고 말았다. 우리는 폴이 헛간 옆에서 토하는 것을 보았다. 폴의 신발에 노란 것들이 튀었다.

오스틴의 아빠 비숍 씨는 변호사였지만 집에서는 주로 헛간에서 망치질이나 톱질을 하며 보냈다. 비숍 씨는 연장과 증기 기관과 바퀴, 그리고 움직이고 시끄러운 것이면 무엇이든 좋아했다. 가끔 비숍 씨는 기관사가 되었으면 좋았을 거라는 말을 했다. 오스틴의 생일을 앞둔 여름 내내, 비숍 씨와 폴은 헛간에서 몇 날 며칠을 보냈다. 그건 비밀 작업이었다. 아무도 들여다보지 못하게 했다. 아주 시끄러운 소리가 났는데, 오스틴의 생일을 위한 깜짝 선물을 준비하는 것이었다.

두 사람이 만든 것을 본 엄마는 "대단하다."라고 했다. 내가 대단하를 본 것은 그때가 처음이었다. 바퀴가 있었지만 그렇다고 자전거는 아니었다. 다들 자전거는 가지고 있었고, 나도 있었다. 나도 우체통이 있는 곳까지는 자전거를 타고 갈 수 있었다. 하지만 언제나 거기까지 가면 자전거를 돌려 돌아와야 했다.

오스틴은 대단하에 들어가 앉을 수 있었다. 오스틴은 페달을 발로 밀며 인도를 달렸다. 오스틴이 원한다면 대단하를 타고 시내로도 갈 수 있을 것 같았다. 비숍 씨의 사무실에도 갈 수 있을 것 같았다. 그리고 도서관이나 휘터커 직물 가게에도! 대단하는 어디든 갈 수 있었다.

내 생일에도 누군가 대단하를 만들어 줬으면 좋겠다고 생각했지만, 아무도 만들지 않는 것 같았다. 왜냐하면 레비가 마구간을 청소할 때 들리는, 말들이 코를 킁킁대거나 발을 구르는 소리 말고는 비숍 씨네 헛간이나 우리 마구간에서나 아무 소리도 들리지 않았기 때문이다.

우리 집 말들의 이름은 제드와 달리아였다. 둘 다 갈색이었지만 갈기와 꼬리는 검정색이었다. 우리 집 요리사는 이름이 나오미였는데, 나오미도 갈색이었다. 모든 것에는 색깔이 있었다. 색깔 없는 것은 단 하나도 생각할 수 없었다. 욕조에 담긴 물 말고는. 나는 물이 투명하다는 것을 알게 되었다. 물 속에 손을 넣고 물을 잡으려고 하면 볼 수 있는 것은 손뿐이며, 물은 아무리 잡으려 해도 손가락 사이로 빠져 나가 버렸다.

오스틴은 대단하 말고도 내가 갖고 싶어한 것을 하나 더 갖고 있었다. 바로 여동생이었다. 아기는 머리카락이 정말 새까맸고 엄청나게 울어댔다. 아기의 이름은 로라 페이즐리 비숍이었다.

비숍 가족이 로라 페이즐리를 얻게 된 이야기는 아주 재미있었다. 하루는 오스틴의 할머니가 오스틴을 데리고 기차를 타고 필라델피아로 갔다고 한다. 우리 할머니도 그렇게 해 주었으면 하고 얼마나 바랐는지! 우리 할머니는 신시내티에 살고 있었는데, 여름이 되면 기차를 타고 우리 집에 다니러 왔다. 하지만 한 번도 나를 기차에 태워 준 적은 없었다. 오스틴은 기차가 시끄럽고 덜커덕거렸고, 창문 밖으로는 나무들이 재빠르게 지나가는 것이 보였다고 말했다. 가끔 기차가 모퉁이를 돌 때 앞에 보이는 기관차를 보게 되면 자신이 그 기관차에 붙어 있는 일부분이라는 것을 알 수 있다고 했다. 나는 정말 상상하기 힘들었다.

오스틴과 할머니는 필라델피아에서 박물관에 갔다. 그곳에서 그들은 마치 살아 있는 것 같은 곰 박제를 보고, 식당에서 점심을 먹고 디저트로 딸기 아이스크림을 먹었다. 그러고는 다시 기차역으로 가서 기차를 타고 집으로 돌아왔다.

마을에 도착하자 오스틴의 할머니는 기차역에서 집으로 전화를 했다. 그리고 자신들이 없는 사이에 신나는 일이 있었는지 물어 보았다.

"세상에! 집에 도착하면 놀라운 일이 기다리고 있다는구나."

할머니가 오스틴에게 말했다.

그래서 두 사람은 역에서 집까지 걸어왔고, 집에 도착하자 놀라운 일과 만날 수 있었다. 여자 아기가 있었던 것이다!

오스틴의 부모님은 아기를 채소밭에서 발견했다. 오스틴에게 그렇게 말했다고 한다. 오스틴의 엄마가 점심 때 먹을 토마토를 따려고 밖으로 나가 땅을 보았더니, 사랑스러운 여자 아기가 있었다는 것이다.

"거짓말쟁이!"

내가 오스틴에게 소리쳤다.

나는 오스틴의 말을 믿지 않았다. 그날 하루 종일 우리 집 뒷마당에서 놀았지만 아기 울음소리를 들은 적도, 비숍 부인이 토마토 바구니를 들고 나온 것을 본 적도 없었기 때문이다. 사실 엄마에게 비숍 부인이 머리가 아파 하루 종일 누워 있으니 조용히 놀라는 말만 들었던 것이다.

나는 오스틴을 거짓말쟁이라고 불렀고, 오스틴은 그 말에 화가 나 내게 흙을 던지고는 다시는 자기 동생을 만지지 못할 거라고 말했다. 나중에 엄마에게 물어 보니 비숍 부인이 채소밭에서 아기를 발견한 건 사실이라고 했다. 그리고 엄마는 언젠가 우리도 우리 아기를 그렇게 발견하면 좋겠다고 말했다.

그래서 나도 매일 열심히 찾아보기로 했다. 하지만 그건 좀 이상한 일 같았다. 채소밭에서 아기가 나타나다니. 비가 올지도 모르는데 말이다. 또 겨울이 올지도 모른다! 나는 아기들이 두꺼운 담요에 둘둘 싸여 있기를 바랐다.

　나는 오스틴에게 거짓말쟁이라고 부른 걸 사과해야 했다. 그때 오스틴의 형 폴이 곁에 있었는데, 폴은 웃으면서 그럴 필요 없다고 했다. 폴은 동네에서 내가 가장 똑똑한 아이라고 했다. (하지만 그건 사실이 아니었다. 난 아무리 애써도 글을 읽지 못했으니까 말이다.) 하지만 로라 페이즐리를 안고 흔들의자에 앉아 있던 폴의 엄마는 "쉿!"이라고 말했고, 폴은 입을 다물고는 밖으로 나가면서 망으로 된 문을 쾅 닫았다. 그 소리에 깜짝 놀란 아기가 잠깐 동안 눈을 동그랗게 뜨더니, 이내 다시 감았다.

　나는 아기 로라의 머리카락이 좀더 괜찮아지길 진심으로 바랐다. 정말 쳐다보기 끔찍할 정도였다. 제드와 달리아의 갈기와 똑같아 보였던 것이다.

○1910년
9월

나는 아빠와 함께 새 가정부를 데리러 시골로 갔다. 9월 하순의 어느 일요일 오후였다. 그때 나는 막 2학년이 되었고, 여덟 살 생일을 바로 앞에 두고 있었다. 우리 선생님은 미스 던바였는데, 나는 우리 선생님이 미치도록 좋았다. 하지만 교실에서 읽는, 착하고 친절하고 좋은 옷을 입은 아이들만으로 가득한 이야기는 내 흥미를 끌지 못했다. 나는 뭔가 '부족한' 사람들에 대해 알고 싶었다.

내 마음을 잘 알고 있던 엄마는 집에서 내게 책을 읽어 주었다. 나는 아빠의 부재, 궁핍한 생활, 베스의 죽음 같은 이야기가 나오는 『작은 아씨들』이 좋았다. 나는 이야기를 듣는 동안 그들의 아빠가 일찍 돌아왔다면 그 모든 일들을 막을 수 있었을 것이라는 생각이 들었다.

상쾌한 오후, 마차를 타고 흔들흔들 가는 동안 나는 우편함에 붙어 있는 이름들을 읽었다.

"스톨츠를 찾아봐라."

그렇게 말하고 아빠는 내게 철자를 불러 주었다.

하지만 잠시 후 아빠와 나는 함께 웃었다. '스톨츠'라는 이름이 너무 많았기 때문이다. 붉은색의 커다란 헛간과 옥수수밭 둘레로 하얀 울타리가 낮게 둘려져 있던 훌륭한 농장 우편함에도 '스톨츠'라고 적혀 있었고, 페인트칠을 해야 하고 새 지붕도 필요할 것 같은 도로 가까이에 있는 다른 농장도 마찬가지였다.

"모두 사촌인 것 같구나. 우리가 갈 농장은 다음 모퉁이를 돌면 있어. 저 작은 소나무 숲 너머야."

아빠는 말들이 흙길에서 멈추지 않도록 채찍으로 제드의 등을 가볍게 때렸다. 우리가 주의를 기울이지 않으면 말들은 장난꾸러기처럼 슬그머니 달리던 것을 늦추어 터벅터벅 걸었다.

나는 가까운 곳에 사촌이 살면 어떨까 생각해 보았다. 우리 사촌들은 신시내티에 살았고, 나는 한 번도 사촌들을 만난 적이 없었다. 다만 엄마가 큰 소리로 읽어 주는 편지에서만 그들의 이야기를 들을 수 있었다. 엄마는 언젠가는 사촌들이 기차를 타고 우리를 만나러 올 거라고 말했다.

하지만 우리가 만나러 가는 페기 스톨츠는 이곳에서 자랐고, 소나무 숲 사이를 달릴 수 있었을 것이다. (나는 여름날 맨발의 페기를 상상해 보았다. 옆에서는 개가 앞서거니 뒤서거니 달리고 있는 모습을 말이다.) 우리가 방금 막 말발굽을 울리며 건넌 다리 아래 흐르는 시내를 첨벙첨벙 건너며 오후 내내 사촌들과 함께 놀 수 있었을 것이다. 어쩌면 그들은 낚시를 하거나, 나비를 잡았을 것이다. 또 닭장에 들어가서 암탉의 통통하고도 촉촉한 배 밑으로 손을 넣어 숨어 있는 따뜻한 달걀을 찾아냈을지도 모른다.

하지만 모퉁이를 돌아 페기 스톨츠의 집을 본 순간, 나는 페기가 그렇게 근심 없는 여름을 보내지는 못했을 거라는 생각이 들었다. 집은 깔끔했지만 황량했다. 그들은 가난했던 것이다.

그것이 채 열다섯 살도 되지 않은 페기 스톨츠가 학교를 떠나 가정부가 되려는 이유였다. 이곳에는 페기를 위한 것이 아무것도 없었다. 여덟 살 내 눈에도 우리 집과 페기가 떠날 이 집의 차이가 한눈에 보였다.

말들은 아빠가 이끄는 대로 앞마당으로 들어섰다. 그리고 속도를 늦추고 멈춰 서서는 머리를 흔들며 콧김을 내뿜었다.

"스톨츠 부인."

아빠가 모자를 살짝 들어올리며 인사했다.

페기의 엄마는 마당에 서 있었다. 아마도 우리 마차를 보고 있었던 것 같았다. 페기의 엄마는 가볍게 웃음지으며 고개를 끄덕였다.

"대처 선생님."

그러고는 웃는 얼굴로 이제 막 걸음마를 시작한 아이를 가리켰다. 아이는 눈을 동그랗게 뜬 채, 코트를 입어서 뚱뚱한 모습으로 엄마 옆에 서 있었다.

"이 아이가 우리를 그렇게 걱정하게 한 아이예요. 하지만 이제 보세요."

아빠는 고삐를 단단히 고정하고 채찍을 구멍에 끼워 넣고는 마차에서 내렸다. 아빠는 나를 들어 땅에 내려 주고는, 코트에 꽁꽁 싸인 채 의심스럽다는 듯 우리를 향해 얼굴을 찡그리는 꼬마에게로 몸을 기울였다.

"안나군요, 그렇죠? 내 기억이 맞죠?"

아빠는 몸을 일으키며 스톨츠 부인에게 물었다. 나는 꼬마가 자기 이름을 듣고는 이상하다는 듯 올려다보는 것을 바라보았다.

"지난 겨울에 디프테리아에 걸렸었어. 난 이 농장에서 여러 밤을 보냈지. 그런데 저 장밋빛 뺨을 봐라!"

아빠가 내게 말했다.

"이제 아주 좋아졌죠. 장난이 끝이 없답니다."

스톨츠 부인이 말했다.

"다 선생님 덕분이에요. 장난치는 건 말고요."

스톨츠 부인이 웃음 띤 얼굴로 덧붙였다.

"이 아이는 캐티입니다."

아빠가 나를 보며 고개를 끄덕였다. 나는 배운 대로 손을 내

밀어 부인과 악수했다.

"들어오세요. 지금 페기는 짐을 꾸리고 있어요. 커피를 대접할게요. 따님께는 우유를 드리고요."

바로 그 순간 페기 스톨츠가 가방을 들고 망으로 된 문을 밀며 베란다에 나타났다.

"고맙습니다. 하지만 가야 할 것 같네요. 6킬로미터 이상 가야 하는데다가, 이 말들을 쉬게 해 주면 아마 다시는 출발하려 하지 않을 거예요."

아빠가 말했다.

나는 그게 사실이 아니란 걸 알았다. 말들은 말을 잘 들었고 튼튼하기도 했다. 아빠는 집 안으로 들어가 커피를 마시며 스톨츠 부인과 딸의 이별 장면이 길어지게 하고 싶지 않았던 것이다. 아빠는 스톨츠 부인을 부끄럽게 만들거나 슬프게 하고 싶지 않았다.

아빠는 페기에게서 가방을 받아서는 마차 뒷자리, 늘 그곳에 두는 진료 가방 옆에 올려놓았다.

"페기는 일을 잘 해요. 그리고 착하구요."

스톨츠 부인이 말했다.

스톨츠 부인이 안나를 안아 올리자, 그 걸음마쟁이는 두 다리로 엄마의 엉덩이를 감쌌다.

"따님을 잘 돌보겠습니다, 스톨츠 부인. 제 아내도 따님이 도와 주는 것을 아주 고마워할 거예요."

아빠가 말했다.

페기는 아무 말도 하지 않았다. 기다리는 데 아주 익숙한 사람처럼 그냥 서 있을 뿐이었다. 페기는 예쁘게 생긴 얼굴에 볼은 동생만큼이나 발그스름했다. 그 안에는 강인함도 엿보였고, 언젠가는 자기 엄마처럼 자부심 강하고 인정 많은 사람이 될 것 같았다. 페기는 갈색 머리를 뒤로 질끈 묶고 있었는데, 바람이 불어 머리카락이 얼굴에서 흩날렸다.

아빠는 나를 마차 뒷자리에 안아 올려 주었다. 그 동안 페기는 엄마에게 다가가 엄마를 안아 주고 어린 동생을 두 팔로 감쌌다. 안나가 울기 시작했다.

"페기 언니, 가지 마."

꼬마는 두 팔을 뻗으며 울었다. 하지만 그때 아빠가 페기가 내 옆자리로 올라가는 것을 도와 주었다.

"넬에게도 잊지 말고 안부 전해라."

스톨츠 부인은 그렇게 말하고는 꼬마를 달래며 돌아섰다.

그때 창문 커튼이 옆으로 살짝 젖혀지며 얼굴 하나가 나타났다. 그리고 창문에 갖다 댄 손이 보였다. 나는 페기도 그 사실을 알아야 할 것 같았다. 나는 팔꿈치로 페기를 찌르며 창문을 가리켰다.

"제이콥이야."

페기가 말했다. 페기가 말하는 것을 처음 듣는 순간이었다.

페기는 창문 안에 있는 얼굴을 향해 손을 흔들었다. 잠시 후 커튼이 다시 드리워지고 소년은 커튼 뒤로 사라졌다.

우리 학교에도 제이콥이 있었다. 4학년이었는데, 나는 창문 안의 아이가 그 4학년 아이인지 궁금했다. 농장의 아이들 중 몇몇은 농장 일을 하게 될 때까지나 페기처럼 남의 집에 고용되어 떠날 때까지 시내에 있는 학교에 다녔다.

"제이콥은 몇 살이야? 학교에 다녀?"

내가 물었다.

아빠는 말들을 출발시켜 도로로 몰았다. 나는 페기와 있는 것이 쑥스러웠고 낯설기도 했다.

페기가 고개를 가로저으며 말했다.

"제이콥은 학교에 다니지 않아. 그럴 수 없었어. 제이콥은 정상이 아니거든."

머리가 정상이 아니라는 뜻으로 하는 말 같았다. 나는 전에도 그 말을 들은 적이 있었지만 정확하게 무슨 뜻인지는 몰랐다. 더 이상 묻는 것은 무례한 일인 것 같았다.

마차가 길을 달리고 스톨츠 씨 집이 우리 뒤에서 사라져 가는 동안, 나는 창문에서 본 그 소년의 얼굴과 누나에게 작별 인사를 하기 위해 천천히 손을 들어올리던 모습을 생각했다.

나는 페기가 좋았다. 말들은 집에 가서 먹이를 먹고 싶은지 서둘러 마차를 끌었고, 나는 덜컹거리는 마차에서 내 곁에 앉은 페기의 느낌이 좋다는 생각을 했다. 페기는 건강하고 따뜻하며 비누나 정원의 흙 같은 좋은 냄새가 났다. 무릎에 놓인 페기의 손을 보니 일을 하느라 거칠어진 것 같았다. 오른쪽 손등에는 새로 생긴 상처도 있었는데, 누군가 할퀸 듯한 분홍빛 상처였다. 나는 아무 생각 없이 그 상처에 손을 대었다.

"새끼고양이가 그랬어. 일부러 다치게 하려고 그런 건 아니야."

페기가 웃으며 말했다.

우리 이웃에는 가정부가 있는 집이 많았다. 가정부들은 입 하나를 덜기 위해 대가족을 떠나오는데, 주로 가을걷이를 돕고 난 늦가을에 농장에서 왔다. 가정부들은 다락방에서 살며 빨래와 집안일을 하고, 아기가 생긴 엄마들을 도왔다. 그들은 추운 방과 고된 일에 익숙했다. 집 안에 수도 시설이 있는 것은 가정부들에게는 새로운 경험이었다.

가정부들 몇몇은 오래 머물지 않았다. 그들은 시내 남자들을 만나 결혼을 하거나, 비서 학교를 다니기 위해 돈을 모아 더 나은 삶을 위해 떠났다.

페기의 언니 넬은 옆집 비숍 씨네 다락방에 살았다. 나는 마당에서 빨래를 널고 있는 넬을 매일 보았다. 넬은 비숍 부인을 도와 이제 두 살이 되어 활동이 많아지고 모든 것에 관심을 보이는 로라 페이즐리를 돌봤다. 내가 오스틴과 놀려고 갔을 때, 넬은 장난감 사이로 자루걸레를 밀며 마치 우리까지 밀어 버릴 것 같은 시늉을 했다. 반짝반짝 윤이 나는 붉은색 머리의 넬은 건강하고 예뻤다. 오스틴은 넬이 온 가족을 웃게 만든다고 말했다. 하지만 나는 비숍 부인이 넬이 떠날까 봐 걱정이라고 엄마에게 이야기하는 것을 들었다. 넬은 이제 막 열여섯 살이 되었지만 야망이 있었으며, 비숍 부인은 그 야망은 홍역과도 같은 것이어서 우리가 절대 붙잡아서는 안 되는 것이라고 말했다.

페기는 좀더 조용하고 진지했으며, 머리카락은 부드러운 갈색이었다. 언니의 화려함은 찾아볼 수 없었다. 엄마는 페기를 맞았고 집 안 여기저기를 보여 주었다. 혼자 남고 싶지 않았던 나는 두 사람을 따라다녔다. 나는 엄마가 페기가 머물 3층 작은 방을 정리할 때, 엄마를 도왔다. 나는 꽃무늬 커튼에 맞춰 내가 고른 분홍색과 하얀색이 섞인 누비이불을 페기가 좋아하는지 살폈다. 페기는 방이 마음에 드는 것 같았다. 엄마는 아래층으로 내려갔다. 하지만 나는 그곳에 남아 페기가 가방을 열고 짐을 정리하는 것을 보고 있었다. 페기의 짐은 많지 않았다. 페기는 낡은 옷장에 옷 두 벌을 걸었고 화장대에 성경책과 머리빗을 올려놓았다.

"창 밖을 봐. 저기 보여? 저기 옆집 말이야."

내가 페기에게 말했다.

페기는 내가 가리키는 곳을 보았다.

"저기가 비숍 씨네야. 저기 단풍나무 사이로 보이는 게 넬 방이야. 잎이 다 떨어지면 창문이 훤히 보일 거야."

"정말? 우리 언니 방 창문이 보여?"

페기는 웃음 띤 얼굴로 생각에 잠겼다.

"언니와 나는 우리 집에 있을 때 방을 같이 썼어. 언니가 떠날 때까지 말이야."

"넬이 떠났을 때 보고 싶었어?"

페기가 고개를 끄덕였다.

"하지만 언니는 가고 싶어 안달이었어. 정말 시내에 가고 싶어 했거든. 언니는 영화를 보러 가고 싶어했어."

"영화라고!"

나는 킬킬대기 시작했다.

"페기는 가 본 적 있어?"

페기는 없다고 했다.

"하지만 우리 언니는 가 봤어. 어떤 남자가 언니를 한 번 데리고 갔었지. 언니는 영화배우 메리 픽포드를 보고는 머리를 그렇게 해 보려고 했었어. 천 조각으로 머리를 말아 올리면 구불구불해지기는 하는데, 오래가진 않아. 엄마는 언니더러 바보 같다고 했어."

나는 숱이 많고 불꽃처럼 밝은 넬의 머리를 떠올려 보았다.

집안일을 할 때는 언제나 뒤로 핀을 꽂았는데도 어쩐 일인지 그리 단정해 보이지는 않았다.

"언니는 가끔 립스틱도 발라. 그리고 이름도 에반젤린 에머슨으로 바꿀 거래. 영화에 나오려면 좀더 멋진 이름이 필요하니까. 언젠가는 영화에 나올 수 있길 바라지."

페기가 털어놓았다.

"페기는?"

"아, 아니야! 난 절대 아니야! 난 돈을 모아서 부모님을 도울 거야. 그리고 착하고 성실한 남자를 만나 결혼할 거고."

"어쩌면 나중에 영화를 보러 가면 넬을 볼 수 있겠네. 넬은 유명해질 거야! 애인도 많겠지!"

내가 페기에게 말했다.

페기는 웃음지어 보였다. 페기는 화장대 위에 있는 거울을 들여다보며 머리를 다듬었다. 페기 손등의 상처가 다시 눈에 띄었다.

"새끼고양이가 보고 싶어? 그렇게 할퀴었어도?"

내가 물었다.

페기는 웃으며 아니라고 했다.

"우리 헛간에 가면 새끼고양이가 가득해. 늘 새로 태어나지."

"아, 한 마리만 가져 봤으면. 우리 엄마는 개 한 마리면 충분하대. 들어올 때 우리 개 봤어? 너무 늙어서 여기까지 올라오지도 않을 거야. 그리고 엉덩이도 다쳤거든."

"문에서 날 맞아 줬잖아. 기억나? 이름이 뭐였지?"

페기가 물었다.

"페퍼. 내가 요즘 가장 좋아하는 책이 『다섯 명의 페퍼 가 아이들, 그들은 어떻게 자랐나』거든. 아빠가 죽은 가족 이야기야. 작은 갈색 집에서 사는데 집세 낼 돈도 없어. 그래서 항상 걱정이지. 그 가족이 아침에 뭘 먹는지 맞춰 봐!"

서랍을 정리하던 페기는 잠깐 생각했다.

"오트밀."

"아니, 정말 상상도 못할 거야. 차가운 감자라니까. 끔찍하지 않아? 그거밖에 먹을 게 없는 거야. 정말 불쌍하지. 그 가족은 정말 가난해. 엄마가 매일 밤 한 장(章)씩 읽어 주셔. 좋아하는 책 있어?"

페기는 화장대 위에 놓인 성경책을 힐긋 보더니 고개를 저으며 말했다.

"난 책을 가져 본 적이 없어."

"이제 가질 수 있어! 우리 집 책장에는 책이 가득 있어. 읽고 싶은 책은 마음대로 읽어도 돼. 또 도서관에 갈 수도 있고."

"저기엔 뭐가 있지?"

페기는 계단을 내려가면서 자기 방에서 보이는 복도 건너편 문을 가리키며 물었다.

"다락이야. 볼래? 저긴 무시무시해. 쥐도 있어."

페기가 웃었다.

"쥐는 무서운 게 아니야. 그런데 정말 고양이가 필요하겠구나."

나는 페기가 아직 보지 못한 3층 다락방 문을 열었다. 창문이 있어서 안이 어둡지는 않았다. 하지만 그곳은 지저분했고, 천장 대들보에는 거미줄이 있었으며, 온통 먼지투성이였다. 트렁크와 상자가 쌓여 있는 것이 보였다.

나는 그쪽을 손가락으로 가리키며 말했다.

"내가 아기 때 입었던 옷이 저기 구석 트렁크 안에 있어. 엄마가 내 인형에게 입히라고 몇 가지를 주긴 했는데, 좋은 옷들은 잘 보관해 뒀어. 어쩌면 언젠가 아기가 생길지도 모르거든."

페기가 웃음지었다.

"그리고 저기 보여? 윗부분이 휘어진 트렁크 말이야. 할머니 웨딩드레스가 저 안에 있어. 내가 원하면 내가 결혼할 때 그걸 입을 수도 있어. 그러려면 너무 커 버리면 안 돼. 할머닌 아주 작으셨거든. 언제 보여 줄게."

"난 이제 내려가 봐야 해. 네 엄마가 내가 어디 있나 궁금해할 거야."

페기가 말했다.

나는 다락문을 닫고 페기를 따라 부엌으로 갔다. 부엌 구석에 페퍼가 자고 있었다. 나오미는 일요일마다 일찍 퇴근했다. 일요일 저녁 예배에 빠지지 않기 때문이다. 나오미는 사과 파이를 만들어 놓고 갔는데, 엄마는 파이를 데우려고 오븐에 넣었다. 온 집 안에 향긋한 냄새가 가득 찼다. 페기는 엄마가 준 앞치마를 둘렀다. 나는 페기의 모습, 발그레한 두 볼과 천천히 떠오르는 웃음과 튼튼한 손으로 앞치마를 묶는 모습에서 그녀가 우리와 우리 집을 좋아하고 있으며, 이곳에서 행복하리라는 것을 알 수 있었다.

　나는 머리가 정상이 아니라는 제이콥에 대해 궁금함이 들었다. 그리고 둘째 누나가 멀리 가 버린 것을 어떻게 느끼고 있을지도 궁금했다.

∘1910년
10월

10월 어느 토요일 아침, 아빠가 나를 데리고 시골에 가는 길
이었는데 제이콥 스톨츠가 길가에 서 있었다. 내 여덟 번째 생일
이 막 지났을 때였다. 수두에 걸렸던 나는 회복 중이었고, 아빠
는 신선한 공기가 기운을 차리게 해 줄 거라고 했다. 나는 그곳
에 페기의 동생이 있는 것을 보고 깜짝 놀랐다. 스톨츠 농장과
그리 가까운 곳이 아니었기 때문이다. 우리는 로턴 카운티 밖에
있는 제분소로 가는 중이었다. 제분소 인부 중 하나가 기계에 손
을 심하게 베어서, 아빠가 일전에 그 상처를 꿰매 주었던 것이다.
아빠는 재봉사인 미스 애보트가 반짝이는 바늘을 골무에 스치
며 천을 꿰매듯이 상처를 꿰맸다고 말했다.

"네 옷단 말고, 꼬마 의사 선생님."

거의 보이지도 않는 미스 애보트의 깔끔한 바느질을 보려고

내가 무릎 단을 뒤집는 것을 보고 아빠가 말했다.

"미스 애보트가 새틴 실로 담요 가장자리를 감침질한 것에 더 가깝지. 좀더 큰 바늘땀으로 말이다. 난 특별히 더 튼튼한 실을 이용했고 말이야. 오늘 상처가 다 나았으면 실을 뺄 거야."

마침 마차 뒷자리 아빠 가방 밑에 낡은 담요가 접힌 채로 놓여 있었다. 나는 뒤로 돌아 담요를 끌어당긴 다음, 바늘땀을 살펴보았다. 그리고 살갗에서는 어떤 모양일까 상상해 보았다.

그때 아빠가 고삐를 잡아당기는 바람에 마차가 멈추었다.

"페기의 동생이구나. 태워 줄까?"

나는 살펴보던 담요를 떨어뜨리고 길가에 갑자기 나타난 그 소년을 내려다보았다. 나는 그 소년을 한 번 보았을 뿐이었다. 한 달 전 농장에 페기를 데리러 간 날, 창문에 흐릿하게 보였던 그 얼굴. 그 소년이 나보다 다섯 살 많은 열세 살이라는 것이 기억났다. 그 소년은 야위었고, 이제 보니 나이에 비해 키가 컸다. 그리고 발목 위로 말려 올라간 작업복으로 봐서는 계속 자라고 있는 것처럼 보였다. 곧 더 긴 옷이 필요하게 될 것 같았다. 소년은 이마를 가린 챙 모자를 쓰고 있었다. 소년은 모자챙 아래 그늘 속에서 우리를 올려다보았다.

"안녕, 제이콥. 우리가 이 길을 지나갈 걸 알고 있었니? 여기를 헤매고 다녔나 보구나. 집에서 꽤 멀리 왔는걸."

소년을 아는 아빠가 이름을 부르는데도, 알아 본 표정이 아니었다. 그렇다고 무섭다거나 의심스러운 표정도 아니었다.

"이 아인 내 딸 캐티란다. 우린 스카일러 제분소에 가는 중이야."

아빠는 평소 대화를 나누는 것처럼 소년에게 말했다.

"거기서 그리 오래 있진 않을 거야. 네가 우리 마차를 타겠다면, 거기 일을 끝내고 나서 너를 집에 데려다 줄게."

소년은 몸을 돌려 말들을 바라보았다. 얼굴이 부드럽게 바뀌었다.

아빠는 엄마가 내 발치에 놓아 둔 바구니 안에 손을 집어 넣었다. 그리고 사과 두 개를 꺼내서 소년에게 건넸다.

"받아라, 제이콥. 말들에게 주고 뒤에 올라 타거라."

"제드와 달리아야. 코 옆이 하얀 녀석이 달리아야."

내가 말했다.

소년의 표정은 바뀌지 않았다. 소년은 주름지고 커다란 입에 사과를 하나씩 넣어 주고는, 말이 머리를 흔들고 길바닥에 침을 뚝뚝 흘리면서 씹는 동안 기다리고 있었다. 그러고는 내 뒤쪽으로 오더니 마차에 올라탔다.

우리가 출발하자 제이콥은 아빠가 말을 몰 때 내는 소리를 흉내냈다. 아빠가 그 소리에 웃음짓는 게 보였다.

"이 말들이 좋구나. 그렇지, 제이콥? 제분소도 좋아할 거다. 기억하지? 전에도 나랑 함께 갔잖아. 기어랑 바퀴가 돌아가는 걸 보고 좋아했잖니."

"언제 데리고 갔어요?"

내가 아빠 옷소매를 살짝 잡아당기며 물었다. 아빠는 전에도 나를 제분소에 데려갔었다. 하지만 아빠가 이 낯선 소년을 데리고 갔다는 사실이 내게는 놀라웠다. 다른 누군가가 아빠 옆 내 자리에 앉았다고 생각하니 질투가 났다.

아빠는 껄껄 웃으며 나를 옆으로 끌어안았다.

"캐티, 요즘 넌 학교에 가잖아. 그리고 가끔 이렇게 조용한 소년과 함께 가는 것이 난 좋단다. 그렇지 않니, 제이콥?"

나는 고개를 돌려 제이콥을 돌아보았지만, 머리를 숙이고 있어서 모자 아래 있는 소년의 얼굴을 볼 수 없었다. 그리고 제이콥은 자기 무릎에 대고 손을 움직이며 소리를 내기 시작했다.

"슈우우다, 슈우우다, 슈우우다……."

나는 그것이 커다란 맷돌이 곡식을 가는 소리라는 것을 알아챘다. 그리고 그 소리와 함께 제이콥의 두 손이 리듬에 맞춰 느리게 원을 그리고 있었다.

"슈우우다, 슈우우다, 슈우우다."

나는 놀려 주고 싶은 생각에 제이콥을 따라 소리를 냈다. 하지만 제이콥은 알아채지 못했다.

천천히 흘러가는 얕은 스카일러 샛강은 스톨츠 농장 근처를 흐르는 시내와 같은 강줄기였다. 페기와 넬은 신발과 스타킹을

강둑에 벗어 놓고 치마와 앞치마가 젖지 않도록 움켜쥐고 그 강을 건너곤 했다고 했다. 하지만 꽤 먼 거리에 있는 스톨츠 농장과 제분소 사이의 어떤 지점은 사정이 달랐다. 아빠는 땅이 가파르게 내리막으로 떨어지고, 그래서 샛강도 흘러가다가 바위 위로 떨어지게 되며, 그렇게 떨어지면서 물살이 세어진다고 말했다.

나는 사진에서 나이아가라 폭포를 본 적이 있었다. 엄마와 아빠는 나이아가라 폭포로 신혼여행을 갔고, 내게 그곳에 대해 이야기해 주었다. 산만큼 높은 물이 요란한 소리를 내며 떨어지면서 공중으로 물안개를 내뿜고 무지개를 만들어 내는 장관. 우리 집 앨범에는 엄마의 단정한 손 글씨로 '1898년 뉴욕 나이아가라 폭포'라고 써 놓은 위로, 손으로 색칠한 엽서 한 장이 붙어 있었다.

우리 마을의 스카일러 샛강은 그것과는 전혀 달랐다. 하지만 물은 가파르게 흘러내렸고, 스카일러 제분소에 이를 때쯤이면 물을 끌어 올려 동력으로 바꾸는 거대한 나무 물레방아 속으로 거품을 일으키며 달려 들어가는 성난 물이 되었다.

제분소는 3층 높이의 거대한 석조 건물로 우리가 다니는 교회보다도 컸지만, 종은 없었다. 하지만 제분소 특유의 소리가 났다. 물이 흘러가는 소리, 물레방아가 삐걱거리는 소리, 아빠가 기어라고 부르는 부품들이 무겁게 돌아가는 소리 등이었다. 안에서는 거대한 맷돌이 돌아가며 슈우우다, 슈우우다, 슈우우다 소리를 내는 게 들렸다. 또 남자들이 수레에 짐을 실으며 외치는 소리, 수레바퀴 밑 자갈들이 부딪히는 소리, 따가닥거리는 노새나 말들의 말발굽 소리, 무거운 짐을 끄는 말들을 때리는 채찍 소리도 들렸다.

우리가 도착하자 남자들과 노새, 말들이 모두 하던 일을 멈추었다. 남자들은 아빠를 향해 모자를 살짝 들어올렸다. 누구는 "선생님."이라고 했고, 누구는 "대처 선생님."이라고 했다. 나는 아빠 옆에 자랑스럽게 허리를 펴고 앉아 있었다. 제이콥도 내던 소리를 멈추고 마차 뒤에 꼿꼿하게 앉아 있는 것 같았다.

누군가 말의 고삐를 잡아 말들이 움직이지 않게 했다. 다른 남자가 마차 뒤로 가서 아빠의 가방을 내렸다. 나는 입술을 깨물며 기다렸다. 아빠가 나더러 마차에서 기다리라고 하지 않기를 바라며. 하지만 아빠는 마차에서 내린 뒤 나를 획 안아 내리고는 내 손을 잡았다.

"저 아이가 내 가방을 들 거예요."

아빠가 그렇게 말하자, 그 남자가 제이콥에게 가방을 건넸다.

나는 어떤 남자가 다른 남자에게 말하는 것을 들었다.

"정신지체아야."

그는 옆에 있는 남자를 팔꿈치로 치며 제이콥을 가리켰다. 나는 그 말이 무슨 뜻인지 정확히는 알 수 없었지만, 좋은 뜻이 아님을 짐작할 수 있었다. 제이콥이 듣지 않았기를 바랐다.

우리는 아빠와 함께 계단을 올라가 제분소 안으로 들어갔다.

안은 어둡고 따뜻했으며 여러 소리들이 합쳐져 만들어 내는 소리로 시끄러웠다. 마치 여름에 시내 공원에서 들었던 음악 밴드의 공연처럼.

오스틴과 제시와 나는 예쁜 옷을 입고 남자들과 시시덕거리는 젊은 여자들을 구경하거나 반딧불을 쫓아다니며 여름 밤 공원을 뛰어다녔다. 공원에는 음악이 깔렸는데, 낭랑한 금관악기들이 이끄는 것 같은 음악이었다. 하지만 야외음악당 근처에서 놀면서 가까이 다가가 들어 보니 작은 악기들 ─플루트나 단 한 순간 두드리기 위해 허공에 들고 있는 작은 트라이앵글까지─ 도 제 소리를 내고 있다는 것을 알 수 있었다.

여기 제분소에서는 물레방아가 휙휙 돌아가는 소리와 물이 첨벙거리는 우레 같은 소리가 무엇보다도 가장 크게 들렸다. 그리고 곡식이 쏟아지면서 내는 탁탁 소리와 쉭 소리, 그러고는 나무 기어가 삐걱거리는 소리, 그리고 돌의 깊고 부드러운 소리, 마지막에는 마무리된 밀가루가 거의 소리를 내지 않고 자루 속으로 쏟아지는 소리, 그리고 자루를 쌓으려고 부드럽게 쿵 내려놓는 소리가 있었다.

나는 우리를 사무실로 데리고 들어간 아빠가 소리가 들리지 않게 문을 닫는 것이 서운했다. 하지만 나는 아빠가 가리키는 곳에 앉아 조용히 있었고, 제이콥도 아빠가 가리키는 곳에 가방을 내려놓았다. 잠시 후 손에 붕대를 감은 남자가 안으로 들어

왔다. 모자를 벗어 들고는 고개를 끄덕이며 다른 사람들처럼 말했다.

"선생님."

나는 제이콥이 몰래 빠져 나가는 것을 알아채지 못했다. 아빠가 가방을 열자, 나는 늘 그렇듯 반짝이는 진찰 도구와 독특한 냄새가 나는 약병들에 온 정신을 빼앗기고 말았던 것이다.

언젠가 아빠가 인형들과 병원 놀이를 할 수 있도록 내게 작은 가방을 주었다. 가방은 작은 모형들, 진짜가 아닌 것들로 가득 차 있었다. 하지만 아빠가 내가 그렇게 하기를 바란다는 것을 알고 있었기 때문에, 나는 그것들을 가지고 놀았다. 나는 설탕으로 된 알약이나 무딘 가위에는 관심이 없었다. 나는 아빠가 치료할 때 쓰는 도구들의 냄새와 날카로움과 굉장히 중요한 듯한 느낌만이 좋았다.

나는 아빠가 두껍게 붕대를 감은 남자의 손을 푸는 모습을 자세히 살펴보았다.

"좋아요. 깨끗하네요. 감염되지도 않았고요."

아빠가 말했다.

"봐라, 캐티."

아빠가 고개를 끄덕였다. 상처를 입은 남자가 놀라는 것 같았지만, 나는 의자에서 일어나 가까이 다가갔다.

실 자국은 남자의 창백한 피부와 대비되어 까맣게 보였다. 남자의 다른 손은 일하는 모든 남자의 손처럼 혈색이 좋고 검었지만, 다친 손은 붕대 때문에 빛을 보지도, 일을 하지도 못해서 창백해진 것이다. 나는 번개가 번쩍하는 모습처럼 지그재그 모양으로, 손바닥을 가로질러 엄지손가락이 시작되는 부드러운 살갗 부분에서 끝이 난 상처를 보았다.

"손가락을 움직여 봐요, 스터지스."

아빠 말대로 그 남자가 손가락을 움직이자, 아빠가 고개를 끄덕였다.

"좋아요. 이번엔 엄지손가락."

커다란 엄지손가락이 굽혀졌다가 펴졌다.

"아파요?"

"그냥 뻣뻣해요."

남자가 말했다.

"느껴지나요? 이걸 손가락 끝에 대 봐요. 이게 나무 조각이나 밧줄이 아니고 시계 줄이라는 걸 알겠어요?"

아빠는 아빠의 시계 줄을 내밀었고, 남자는 그것을 앞뒤로 만져보더니 고개를 끄덕이며 말했다.

"금으로 된 시계 줄이군요."

그리고 이를 드러내며 웃었다.

"당신은 행운아예요, 스터지스. 다행히 심각한 상처가 아니에요. 이제 내 딸에게 보여 줘도 괜찮겠죠? 이 아인 의사가 되고 싶어

하거든요."

내가 가까이 다가가자 아빠는 엄지손가락으로 검은 바늘 자국을 만지며 내게 보여 주었다.

"상처가 심해지는 것을 막은 것은 손바닥 근막이었다. 이곳은 아주 두껍고 튼튼한 조직이지. 그 밑에는 신경과 근육이고. 만약 그곳을 베었다면 시내로 가서 꽤 복잡한 수술을 받아야 했을 거야."

아빠가 말했다.

"가지 않았을 거예요."

남자가 중얼거렸다.

"가야 했을 거예요. 안 가면 손을 잃게 되니까. 스터지스."

아빠는 웃으며 말했다.

아빠는 가방 안에 있던 병을 꺼내 거즈를 적시고는 꿰맨 자국을 문지르기 시작했다. 냄새가 강했지만, 그 액체는 아무 색깔도 없었고 빨리 말랐다. 그러고는 바늘땀 하나를 집게로 집고 다른 손에 날카로운 가위를 쥐고는 싹둑 잘랐다. 자른 실은 책상 위에 둔 거즈 조각 위에 두었다. 남자는 전혀 아픈 것 같지 않았다. 나는 아빠가 자르는 동안 수를 세어 보았다.

"열여섯이에요."

아빠가 다 마쳤을 때, 내가 큰 소리로 말했다.

까만 실이 다 없어지고 나자 남자의 손바닥에는 깔쭉깔쭉한 분홍색 선과 실이 있던 작은 점만 보였다. 끔찍한 상처로 보이던 것이 완전히 사라지고 희미한 분홍색 선만 남은 것이 놀라웠다.

스터지스라는 남자 역시 놀라는 것 같았다. 마치 그렇게 하는 것을 새로 배우기라도 한 것처럼 계속해서 손을 폈다 오므렸다 했다.

"계속 깨끗하게 관리해요. 일할 때는 장갑을 끼고요. 운동을 해서 손을 부드럽게 하세요. 가끔 그런 상처가 손을 뻣뻣하게도 만들죠. 그렇게 되고 싶지는 않겠죠?"

아빠가 남자에게 말했다.

아빠는 사용한 치료 도구를 천 조각으로 싸서 다시 가방 안에 넣었다. 나는 치료 도구를 왜 천으로 싸는지 언젠가 아빠가 말해 주어서 알고 있었다. 도구는 두 번 사용할 수 없는데, 병균을 옮길 수도 있기 때문이었다. 그래서 다 쓴 도구는 싸서 보관해 두었다가 적절한 방법으로 씻는 것이다. 나는 장난감 병원 가방 속 도구도 그렇게 했다. 씻고 나면 쓸 수 없게 되는 것도 있는데 말이다.

아빠와 남자는 악수를 했다. 남자는 악수를 하고 나서 손이 움직이는 것이 여전히 믿기지 않는다는 듯 손을 폈다 오므렸다 했다. 그리고 내게 고개를 끄덕이며 말했다.

"아가씨, 안녕."

그러고는 돌아서서 가 버렸다.

아빠는 가방을 닫고 주위를 둘러보더니 한숨을 쉬며 말했다.

"녀석, 내가 바쁜 사이에 몰래 빠져 나갔구나. 지난번에도 그러더니."

나는 두려웠다. 시끄럽게 돌아가는 방아는 위험해 보였는데, 제이콥이 그 속으로 사라져 버렸던 것이다. 하지만 아빠는 걱정할 것 없다고 했다.

"제이콥이 어디 있는지 알고 있거든."

아빠가 내 손을 잡았다.

"아빠 곁에 꼭 붙어 있거라, 캐티. 잭슨, 여기 있네. 우리 마차에 좀 넣어 줄 수 있겠나?"

아빠는 사무실 문 밖 테이블에 앉아 있던 남자에게 가방을 건넸다.

나는 아빠의 손을 꼭 잡고 탁 트인 곳으로 따라갔다. 좁은 창문으로 들어오는 햇볕을 받으며 곡식 알갱이들이 돌아가고 있었다. 한쪽에서 일하는 일꾼들은 밀가루를 뒤집어써서 얼굴이 유령처럼 보였다. 남자 하나가 웃었는데, 허연 얼굴 때문인지 벌린 입속이 더 까맣게 보였다. 그냥 똑같은 사람이라는 것을 알면서도 나는 제이콥을 찾는 동안 아빠의 손을 더 꼭 잡았다.

"제이콥은 맷돌 옆에 있을 거다."

아빠는 기어 돌아가는 소리와 일꾼들의 소리 속에서 들릴 수 있도록 내게 몸을 구부리며 말했다.

"제이콥은 큰 돌을 좋아해. 마차 타고 오는 동안 소리내는 거 들었지?"

"아빠, 제이콥은 정신지체예요? 그게 뭐예요? 머리에 이상이 있다는 뜻인가요?"

내가 묻자 아빠는 단호한 표정으로 말했다.

"나는 제이콥을 그렇게 부르지 않는다. 정신지체란 말은 지능이 없다는 뜻이니까. 그래, 제이콥이 좀 다르기는 하지. 하지만 제이콥은 자기가 좋아하는 것에 다가가는 방법도, 그 옆에서 안전하게 있는 방법도 다 알아. 그러려면 지능이 필요하거든. 그런 거야, 케이티. 저기 있구나."

돌아보니 커다란 돌이 돌아가며 곡식을 갈고 있는 것을 그늘에서 지켜보고 있는 제이콥이 보였다. 제이콥은 서서 몸을 앞뒤로 흔들고 있었다. 들리지는 않았지만 두 손을 양 옆에서 움직이고 있는 걸로 봐서 "슈우우다, 슈우우다, 슈우우다."라고 웅얼거리고 있는 것이 분명했다. 제이콥이 방해가 되지 않고 안전하게 있을 거란 아빠의 생각은 옳았다. 맷돌이 돌아가는 소리와 리듬이 제이콥을 행복하게 해 주고 있다는 것도 알게 되었다.

아빠가 가야 할 시간이라고 말했을 때 제이콥은 못 들은 체했다. 제이콥은 재미있는 방법으로 못 들은 체했다. 두 손으로 귀를 막고는 계속 몸을 흔들고 콧노래를 불렀다. 하지만 아빠는 다시 단호하게 제이콥에게 손을 얹고는 말 이야기를 했다.

"떠나기 전에 말에게 낟알을 줄 거야."

아빠의 말에, 제이콥이 아빠를 따라왔다.

치료비 대신으로 받은 밀가루 몇 부대가 마차 뒤에 쌓여 있는 것을 보고 우리는 제분소를 출발했다. 제이콥은 낟알 한 줌씩을 말들에게 주고는 마차에 올라타 밀가루 부대 꼭대기에 앉았다. 모자는 여전히 깊숙하게 눌러 쓴 채로.

집으로 돌아오는 길은 오랜 시간이 걸렸다. 스톨츠 농장을 지나며 제이콥을 내려 주고 가족과 먹으라고 밀가루 한 자루를 주었다. 밀가루 자루를 들기 전에 제이콥은 말들의 목을 쓰다듬으며 말들에게 뭔가 소리를 냈다. 우리에게는 작별 인사도 하지 않으면서 말이다.

개 한 마리가 제이콥을 맞으러 마차로 달려왔다. 나는 제이콥이 밀가루 자루를 들고 헛간으로 걸어갈 때 헛간에서 고양이 두 마리가 달려나와 제이콥에게 몸을 비비고는 함께 보조를 맞추며 안으로 들어가는 것을 보았다.

○1910년
11월

엄마가 몸이 좋지 않아 거의 매일 아침 페기가 학교 가는 것을 도와 주었다.

어느 날 아침 페기가 내 머리를 빗어 주는 동안 내가 물었다.

"제이콥은 학교에 갈 수 없는데, 그럼 어째서 그렇게 여기저기 돌아다닐 수 있는 거지? 난 콧물이 나서 학교에 못 가면 하루 종일 침대에 누워서 레몬과 설탕을 넣은 따뜻한 물을 마셔야 하는데 말야. 그리고 수두에 걸렸을 때는 정말 오래 집에만 있어야 했어. 그런데 제이콥은 아니잖아. 아빠는 자주 제이콥을 만난대. 집에서 아주 먼 곳에서 말야. 내 생각엔 제이콥이 여기에도 왔던 것 같아. 우리 집 뒤 말이야. 레비가 제이콥을 봤대. 6킬로미터도 넘는 거린데."

"제이콥이 여기 왔었다고? 확실해? 그 리본 좀 이리 줘."

페기가 말했고, 나는 내 체크무늬 교복과 어울리는 갈색 리본을 건넸다.

"아야, 그렇게 세게 잡아당기지 마."

페기는 내 머리를 잘 묶어 주었지만, 가끔은 단정하게 보이게 하려다가 너무 세게 잡아당길 때가 있었다.

"마구간에서 일하는 레비 말이야. 레비가 아빠한테 말했어."

"걔가 너희 아빠한테 뭐라고 말했는데? 가만 좀 있어. 그렇게 꼼지락대지 말고."

"레비가 그러는데, 어떤 남자애가 가끔 안으로 몰래 들어와 말들 옆에 서 있대. 말들의 코를 쓰다듬는다는 거야. 레비는 그 아이가 귀머거리라고 했어. 아빠는 아니라고 했고. 아빠는 제이콥일 거래. 제이콥이 말을 좋아하니까. 하지만 절대 귀머거리는 아니래. 제이콥은 들을 수 있으니까. 그리고 제이콥이 우리가 말하는 방법과는 다르게 말을 하지만, 제이콥이 내는 소리에도 뜻이 있다고 했어."

페기가 고개를 끄덕였다.

"맞아."

"왜 나는 학교에 가야 하고 제이콥은 가지 않아도 되는 거지? 나도 하루 종일 시골을 돌아다니고 싶어. 나무에도 기어오르고 소한테 먹이도 주고, 그리고, 그리고……."

나는 생각해 봤지만 다른 일은 떠오르지 않았다. 사실 난 시골 아이들이 뭘 하는지 몰랐다.

"그냥 하루 종일 놀 거야, 제이콥처럼."

결국 나는 그렇게 말했다.

페기가 묶은 머리 끝에 리본을 매고 리본 양 옆을 펴면서 말했다.

"자, 다 됐어."

"그리고 머리 리본도 절대 매지 않을 거야."

"예뻐 보여. 여자애들은 대부분 예쁘게 보이고 싶어하잖아."

페기는 빗을 치우고 이불을 정리하면서 웃었다.

"그런데 있지, 제이콥은 콧물도 훌쩍이지 않고 수두에도 걸리지 않았어. 제이콥은 다른 아이들과는 달라서 책으로 공부할 수 없는 거야. 그렇다고 제이콥이 하루 종일 노는 건 아냐. 물론 조금 돌아다니긴 하지. 하지만 자기가 할 일을 하고 난 뒤야. 제이콥은 동물 돌보는 일을 하지. 동물에 관해서라면 다른 누구보다도 제이콥이 나으니까. 너희 집 말을 보러 온 것도 내겐 전혀 놀랍지 않아."

"제이콥이 집에서 말갈기를 빗겨 줘? 레비가 우리 말들의 갈기를 빗겨 주거든."

나는 페기가 내 머리를 묶어 주듯이 내가 제드와 달리아의 갈기를 묶게 해 달라고 레비에게 말해 봐야겠다는 생각을 했다.

"그럴 거야. 그리고 먹이도 줘. 그리고 송아지랑 새끼양이 태어나면 돌봐 줘. 가끔 송아지랑 새끼양들은 더 손이 많이 가게 되니까."

"새끼고양이도 그래. 새끼고양이들도 돌봐 줘야 해."

내가 말했다.

"어서. 나오미가 아침 식사를 준비해 뒀어. 엄마 방을 지날 때 는 조용히 해. 주무시거든."

페기가 계단을 향해 걸어갔다. 나는 엄마 방을 지날 때 발끝 으로 걸으면서 페기를 따라갔다.

"나도 새끼고양이가 있으면 좋겠어."

"우리 헛간에 가면 수두룩해. 그 늙은 바람둥이 수고양이가 헛 간 여기저기를 돌며 암컷들을 따라다니는데, 우리가 잠깐 한눈팔 다 돌아서면 새로 태어난 새끼고양이들이 무더기로 있다니까."

"바람둥이가 뭐야?"

페기가 킥킥 웃었다.

"암고양이들을 차지하는 일에만 여념이 없고, 그러면 새끼고 양이들이 생긴다는 것밖에 모르는 크고 늙은 녀석이지. 새끼고 양이가 생기면, 그 바람둥이가 곁에서 도와 줄 것 같지? 천만에. 그때쯤이면 벌써 새 여자 친구 꽁무니를 쫓고 있지."

나도 킥킥 웃었다. 하지만 그 말을 이해해서가 아니라 페기가 몰래 돌아다니는 고양이 흉내를 내는 모습 때문이었다.

"난 정말 고양이가 좋아."

내가 페기에게 말했다.

"가끔 새끼고양이들이 태어났는데 너무 많으면 제이콥이 고양이들을 익사시켜야 해."

나는 맨 아래 계단에서 딱 멈춰 서고 말았다.

"익사?"

내가 물었다.

페기가 나를 돌아보았다.

"농장에서는 그래, 캐티. 너무 많을 땐, 그게 가장 친절한 방법이야. 고양이들은 몰라. 전혀 아프지도 않아. 제이콥이 고양이들을 시냇가로 데리고 가고, 잠깐이면 돼."

나는 무서워서 페기를 뚫어져라 바라보았다. 새끼고양이들을?

"제이콥은 착하기 때문에 그 어떤 것에도 고통을 주지 않아. 절대."

페기가 말했다.

나는 이것에 대해 어떻게 느껴야 할지 잠깐 생각에 잠겼다. 그리고 마침내 말했다.

"내가 개미들을 밟았을 때처럼? 개미들은 전혀 모르잖아. 그거랑 같은 거지?"

"그럴 거야. 우리가 그런 것까지 생각할 필요는 없어. 저것 봐! 나오미가 팬케이크를 만들었네!"

하지만 난 생각했다. 나는 머리가 이상한 소년이 우리 말들의 입에 사과를 넣어 주던 날의 부드러운 표정, 그리고 청바지를 입은 여윈 허벅지에 커다란 맷돌에 맞춰 리듬을 타던 온화한 그 손을 생각했다. 그 소년이 새로 태어난 작은 고양이의 털을 손가락으로 느끼며 안고 가서는 강물 속에 넣는 것을 생각했다. 페기는 그게 가장 친절한 방법이라고 말했다.

늦은 11월의 어느 날 아침, 나는 거실 엄마 책상 위에 펼쳐져 있는 시어스 로벅 카탈로그를 보았다. 나는 엄마가 나를 위해 새 옷을 만들어 줄 계획을 하고 있었으면 하고 바랐다. 제시 우드에게는 세일러 칼라에 소맷부리는 빨갛고, 검정과 하얀색의 체크무늬로 된 새 옷이 생겼다. 제시가 학교에 그 옷을 입고 왔을 때, 나는 샘이 났다.

보통 엄마는 카탈로그의 사진을 보고 난 다음, 재봉사인 미스 애보트를 불렀다. 내가 의자 위에 서 있는 동안 미스 애보트가 내 몸 여기저기를 쟀다. 엄마는 미스 애보트에게 사진을 보여 주고 휘터커 가게에서 산 천을 주었다. 미스 애보트는 사진을 한참 살펴본 다음 종이 견본을 오려 내서 사이즈가 맞는지 내게 대어 보았다. 그러고는 바인 거리에 있는 낙농장 근처 자신의 작은 집으로 갔다. 다시 올 때는 모두 시침질 되어 일부만 완성된 옷을 가지고 왔다.

나는 이때가 좋았다. 바늘땀이 뜯어지지 않도록 시침질 된 옷을 조심스럽게 입고 나면, 엄마는 나를 부엌 식탁 위에 세웠다. 미스 애보트는 동그란 공을 누르면 분필이 뿜어져 나오는 작은 도구로 옷 가장자리에 조심스레 표시를 했다. 내 옷 밑단을 빙둘러 하얀 선이 나타나는 것이 재미있었다. 그리고 미스 애보트는 다시 옷을 가지고 가서 마지막 바느질을 했고, 그러면 그 옷은 엄마가 사진에서 고른 옷처럼 되는 것이었다.

카탈로그를 본 나는 페이지를 넘겨 어린 소녀들이 있는 곳을 찾아 마음에 드는 옷을 골랐다. 엄마가 안 된다고 말할 줄 알면서 말이다. 그건 터무니없이 비쌌다.

나는 사진 아래 설명하는 글을 가만히 소리내어 읽어 보았다.

"레이스로 장식된 하얀 론 천, 앞은 로제트 무늬가 있는 단정한 실크 리본 벨트."

나는 로제트란 말을 몰랐지만, 그림을 보고 완전히 피지 않은 작약 같은 꽃이 멋지게 다발로 되어 있는 것이라는 사실을 알 수 있었다.

"이것 봐!"

걸레를 들고 거실로 들어오는 페기에게 내가 말했다. 나는 사진을 가리켰다.

"엄마가 미스 애보트를 시켜서 내게 이 옷을 만들어 주라고 하실까? 로제트 무늬가 있어. 학교에 입고 가기엔 너무 우아하다는 건 알지만, 생일 파티에선 입을 수 있을 거야."

내가 덧붙여 말했다.

"생일 파티를 하게 된다면 말이야. 지난 달 내 여덟 번째 생일 파티는 수두 때문에 취소됐거든."

페기가 사진을 유심히 살펴보고는 웃음지었다.

"제시의 생일이 다음 달이야. 내가 제시보다 언니지. 하지만 제시는 크리스마스에 태어난 아이야. 멋지지 않아? 제시 생일 파티에는 입고 갈 수 있을 것 같아."

"예쁘다."

페기도 내 말에 동의했다.

"하지만 엄마가 보던 페이지를 펼쳐 두는 게 좋을 것 같은데. 엄마 옷을 만들려고 하시는 것 같은데 말이야."

"엄마 옷이라고? 엄마는 새 옷이 필요 없어. 내가 필요해. 난 올해 7센티미터도 더 컸단 말이야."

나는 레이스로 장식된 파티 드레스를 입은 소녀들이 있던 페이지를 심술궂게 휙휙 넘겼다.

"어느 페이지였는지 기억 안 나."

내가 페기에게 말했다.

"네 엄마에겐 곧 새 옷이 필요할 거야."

페기가 내게서 카탈로그를 받아들며 말했다.

"여기 있네. 이 페이지야."

페기는 카탈로그를 펼쳐서 엄마 책상 위에 두었다.

"하나도 안 예뻐."

나는 평상복을 입고 포즈를 취하고 있는 아줌마들의 그림을 뚫어지게 보았다.

"이게 무슨 말이야, 페기? 못 읽겠어."

나는 한 번도 본 적 없고 쉽게 발음할 수도 없는 단어를 손가락으로 가리켰다.

페기가 보며 말했다.

"'세련된.' 이건 이 학년에겐 어려운 단어야. 너처럼 잘 읽는 아이라도 말이야. 다른 건 읽을 수 있어?"

"'그리고.' 이건 쉬워."

내가 다음 단어에서 더듬거리자 페기가 도와 주었다.

"'실용적인.' 쓸모 있다는 뜻이야."

"'세련된, 그리고 실용적인'"

내가 소리내어 읽었다.

"잠깐만, 이건 나 혼자 읽을게. 나 혼자 읽을 수 있어."

나는 낮은 목소리로 한 자 한 자 읽었다.

"임-산-부. 맞아?"

"그래. 아주 잘 읽는구나."

"드-레-스."

나는 마저 읽었다.

"이제 들어 봐. 내가 모두 읽어 볼게. '세련된, 그리고 실용적인 임산부 드레스.'"

나는 손을 엉덩이에 올린 여섯 명의 여자들이 뾰족한 신발을 신고 춤이라도 출 것처럼 줄지어 서 있는 그 페이지를 다시 들여다보았다. 다들 바보 같은 억지웃음을 짓고 있었다. 전혀 진짜 웃음처럼 보이지 않았다.

"임산부가 무슨 뜻이야?"

내가 페기에게 물었다.

페기는 거실 저쪽으로 가서 긴 커튼을 잡아당겨 먼지를 털고 다시 주름을 잡고 있었다. 창문에서 들어오는 햇살 속에 먼지가 천천히 떠다니는 것이 보였다.

"엄마가 된다는 뜻이야."

페기는 주름을 잡은 커튼을 무거운 금색 끈으로 묶으며 말했다.

"그 사진 속 여자들은 엄마가 될 거야."

"그걸 이 사람들이 어떻게 알아?"

나는 다시 세련된, 그리고 실용적인 임산부 드레스를 입고 멍청하게 웃음짓고 있는 여자들을 보며 물었다.

"아기를 발견하는 건 항상 갑자기 일어나는 일 아냐? 오스틴 엄마가 그랬는데 우연히 채소밭에서 로라 페이즐리를 발견했대."

"아! 아, 내 말은 그게 아니라……."

페기는 놀란 것처럼 말했다. 그리고 재빨리 내 쪽으로 오더니 내게서 카탈로그를 빼앗았다.

"봐. 책이 나와 있는 페이지를 보자. 여기 볼래?"

페기가 내 옆자리 소파에 앉더니 카탈로그에 있는 책 목록을 보여 주었다.

"이게 바로 『카드 마술』이라는 책이야. 상상해 봐! 도서관에는 카드 마술에 관한 책이 없을 거야, 안 그러니?"

나는 메인 거리에 있는 공립도서관 사서인 미스 윈즐로를 떠올리며 웃었다. 페기에게는 이제 도서관 카드가 생겨서 목요일 오후에 가끔 나를 데리고 도서관에 갔다. 나는 미스 윈즐로가 카드 마술을 좋게 생각하지 않으리라는 것을 알았다. 하지만 아빠는 그 책을 좋아할 것 같았다. 크리스마스 선물로 아빠에게 사 주면 어떨까 생각하며 엄마에게 물어 보기로 했다.

그리고 또 임산부 드레스를 입고 있는 아줌마들이 갑자기 일어나게 될 일을 어떻게 알게 되었는지도 물어 봐야겠다고 생각했다.

하지만 설명을 해 준 사람은 아빠였다. 내가 그걸 물었을 때 엄마는 너무 놀라 뜨개질하던 것을 떨어뜨릴 뻔했다.

"어머나, 세상에!"

엄마가 소리쳤다.

우리는 저녁을 먹고 거실에 있었는데 내가 잠자리에 들 시간이 거의 다 되고 있었다.

"헨리, 들었어요? 캐티가 뭘 물었는지 들었냐구요?"

아빠는 신문을 읽고 있었기 때문에 듣지 못했다. 내가 다시 한번 묻자 아빠가 웃음지었다. 엄마처럼 당황하거나 긴장된 웃음이 아니라, 평소처럼 아빠의 수염이 감겨 올라가는 조용한 웃음이었다.

"아빠를 따라 오너라, 꼬마 의사 선생님."

아빠가 의자에서 일어나며 말했다. 아빠는 신문을 접어 테이블 위에 놓았다.

"아빠 진료실에 가서 멋진 걸 보여 줄게."

"헨리, 설마 당신……."

엄마가 뭔가 말을 시작하려 했지만, 난 벌써 아빠 손을 잡고 있었다.

"그럼, 코트 입어라. 밖은 추워."

엄마가 말했다.

하지만 밖은 그다지 춥지 않았다. 나오미가 늘 이야기하는 것처럼 그냥 으슬으슬했다. 아빠는 코트를 입는 문제로 나를 귀찮게 하지 않았다. 우리는 아빠 진료실로 통하는 옆문으로 가기 위해 현관문을 나가 마당을 빙 돌아가야 했다. 진료실이 우리 집에 붙어 있기는 했지만 말이다.

우리 집은 문을 잠그지 않았지만, 아빠의 진료실은 항상 잠가

놓았다. 아빠는 커다란 열쇠로 진료실 문을 열고 불을 켠 다음, 나를 안으로 들어오게 했다. 난 아빠의 진료실을 좋아했다. 크고 중요한 아빠 책상과 환자라고 불리는 아픈 사람들이 앉는 의자 두 개가 있었다. 또 아빠가 환자의 배를 눌러 봐야 할 경우 환자들이 누울 수 있는 길고 좁은 테이블도 있었다. 2년 전 여름, 아빠는 폴 비숍의 배를 눌러 보고는 폴을 병원으로 보냈고, 폴은 맹장을 제거했다. 오스틴과 나도 맹장을 없애고 싶어했더니 아빠는 우리 둘을 테이블 위에 앉히고는 배를 눌렀다. 무척 간지러웠다. 아빠는 우리 둘 다 괜찮다고 하면서 태피 사탕을 하나씩 주었다.

아빠가 약과 치료 도구를 넣어 두는 캐비닛이 있었다. 가끔 아빠는 갖고 놀라고 나무 설압자(*혀를 아래로 누르는 데 쓰는 의료 기구)를 주었다. 나는 설압자 한쪽 끝에 얼굴을 그리고 다른 쪽은 천으로 감싸 드레스를 만들었다. 설압자 인형들은 빅토리아 공주라고 불리는 황갈색 머리의 내 인형만큼 진짜 같아 보이진 않았지만, 제시와 나는 설압자 인형들로 댄스파티를 열어 인형들이 춤추게 했다.

나는 환자 의자 하나에 올라가서 아빠가 찬장을 열고 사람 모형 같은 것을 꺼내는 모습을 지켜보았다. 그것은 여자의 배 부위였다. 아빠가 책상 앞에 앉더니 조심스레 그것을 여는 것이었다. 가운데 부분이 떨어지니 안에는 두 눈을 꼭 감고 작은 두 손을 모은 아기가 뒤집힌 채 있는 것이 보였다. 아빠가 말한 대로 정말 멋졌다.

아빠는 아기가 어떻게 그곳에서 자라는지 설명하기 시작했고, 그제야 나는 모든 것을 이해할 수 있었다. 아빠가 설명하는 것은 정확했다. 토마토와 호박 아래 거염 벌레와 달팽이가 우글거리는 흙 속에서 아기를 발견하는 것보다 훨씬 더 정확했다.

"저는요? 저도 그렇게 자랐나요?"

내가 아빠에게 물었다.

아빠는 그렇다고 했다.

"오스틴도요? 로라 페이즐리도요?"

아빠는 그렇다고 했다.

"페기도요? 제시는요? 제이콥 스톨츠도요? 그리고……."

아빠는 내가 좀더 늦게 자려고 축복을 내릴 더 많은 사람을 생각하려 할 때와 비슷하다고 말할 수도 있었을 것이다.

"우체부 아저씨에게도 축복을, 신시내티에 있는 내 사촌에게도 축복을……." 하고 말하는 것처럼.

아빠는 여자의 몸을 다시 닫아서 아기를 숨겼다. 하지만 나는 아기가 그곳에 있다는 것을 알게 된 것이 좋았다. 그리고 그런 아기가 엄마 뱃속에도 있다는 것을 알게 된 것도 기분 좋았다.

"언제예요? 남자예요, 여자예요? 얼마나 오래 걸려요?"

난 아빠에게 물었다. 아빠는 봄이라고 했다. 시간이 많이 걸렸다. 그리고 아기가 태어날 때까지 여동생인지 남동생인지도 알 수 없다고 했다.

아빠는 진료실 불을 끄고 나를 다시 집으로 데려갔다. 마당을 빙 돌아 현관 계단을 올라가고, 다시 베란다 그네를 지나고, 현관문을 통과해 아직 엄마가 거실에 앉아 뜨개질을 하고 있는 집으로 들어갔다. 하얀 뜨개실이 위로 올라가 한 바퀴 돌고, 또 위로 올라가 한 바퀴 돌았다. 페기가 부엌에서 설거지를 마치는 소리가 들렸다. 나오미는 앞치마를 걸어 두고 재킷을 입고는, 자기 가족들에게 주려고 남은 음식들을 바구니에 담아 집에 가고 없었다.

"페기한테 말해도 돼요?"

내가 엄마에게 물었다.

"페기는 이미 알고 있단다."

어쨌든 나는 부엌으로 달려가 나도 이제 알고 있다고 페기에게 말했다.

마구간에 있던 것은 제이콥이 분명했다. 마구간에서 일하는 레비가 아빠에게 말했을 때, 나는 제이콥일 거라고 생각했다. 그리고 내 눈으로 직접 보고 내 생각이 맞았다는 것을 확실히 알았다.

이른 저녁이었다. 제시 엄마가 저녁 먹으러 오라고 제시를 부를 때까지, 우리는 집 앞 자갈길에서 줄넘기를 하고 있었다. 추수감사절을 바로 앞둔 때라 날씨는 쌀쌀했고, 아직 긁어 모으지 않은 낙엽들이 마당에 쌓여 있었다. 나는 낙엽 사이를 걷고 싶어서 앞문 대신 뒷문으로 들어가야겠다고 생각했다. 내 발에 닿는 낙엽의 감촉과 낙엽에서 나는 바스락거리는 소곤거림이 좋았다.

마구간에 가까워졌을 때 문 옆에 내가 모르는 개 한 마리가 있는 게 보였다. 이웃집에서 키우는 개도 아니었다. 얼굴이 하얀 갈색 개였는데, 개들이 기다릴 때면 그러하듯 참을성 있게 앉아 있었다. 그리고 안에서 소리가 들렸다. 말들이 발을 구르고 콧김을 뿜고 몸을 떠는 소리가 아니라, 노래를 부르는 것 같은 소년의 목소리였다.

레비는 이미 가고 없었다. 레비는 매일 저녁 말에게 먹이와 물을 주고, 시내에 들러 다른 아르바이트를 하고 난 뒤, 홀어머니와 엄청나게 많은 남동생과 여동생과 함께 사는 다 쓰러져 가는 집으로 돌아갔다. 2년 전 레비 아버지가 폐렴으로 죽어 버렸고, 나오미는 가엾은 아줌마 혼자 그 많은 어린 것들을 키우고 이제는 아이들 중 누구도 제대로 교육을 받을 수 없게 된 것은 정말 안된 일이라고 말했다.

밖은 아직 그렇게 어둡지 않았지만, 우리 집 부엌 창문을 보니 불이 켜져 있었다. 스토브와 싱크대 옆에 있는 나오미와 페기의 모습도 보였다.

나는 조금 열려 있던 마구간의 문을 좀더 밀었다. 제이콥도 내가 들어간 것을 분명히 알았을 것이다. 왜냐하면 문이 삐걱거리는 소리를 냈고, 내가 들어갈 때 쌀쌀한 바깥 공기가 안으로 훅 불었기 때문이다. 하지만 제이콥은 돌아보지 않았다. 제이콥은 콧노래를 부르며 제드의 커다랗고 부드러운 얼굴을 쓰다듬고 있었다. 달리아가 그것을 지켜보다가 머리를 들더니 궁금하다는 듯한 검은 눈으로 나를 보았다. 나는 달리아에게로 갔다.

나는 전혀 두렵지 않았다. 아빠와 내가 제이콥을 데리고 제분소에 갔던 날을 계기로 나는 제이콥의 상냥함에 익숙해졌고, 또 페기 역시 동물을 대하는 동생의 특별한 방식을 말해 주었던 터라 제이콥이 조심해야 할 소년이 아님을 알고 있었다.

그리고 나는 노래 같긴 하지만 진짜 노래는 아닌, 제이콥이 내는 소리가 좋았다. 만약 내가 같이 소리를 맞춘다면 제이콥이 싫어할까 궁금했다. 나는 제이콥의 얼굴을 보며 음정을 맞추고 함께 불렀다. 제이콥은 싫어하지 않는 것 같았다.

말들은 그 노래 때문에 편안해진 것 같았다. 말들은 조용히 서 있었고, 머리가 정상이 아닌 소년이 제드를 쓰다듬어 주는 동안 나는 달리아를 쓰다듬어 주었다. 우리는 손과 콧노래로 리듬을 만들고 있었다.

나는 엄마가 곧 나를 부를 것이고, 그렇게 되면 가야 한다는 것을 알고 있었다. 그래서 귀리 통으로 다가가 귀리 두 줌을 꺼냈다. 그러면 안 된다는 것을 알고 있었다. 귀리를 너무 많이 먹으면 말들이 아팠기 때문이다. 하지만 한 줌은 적은 양이었다. 나는 한 줌을 제이콥의 손에 쏟아 주었고, 우리는 각자 말에게 귀리를 주었다. 커다랗고 주름진 입 두 개가 벌어지고 기다란 분홍색 혀 두 개가 나오더니 맛있고 행복하게 귀리를 먹었다.

"하지만 더 이상은 안 돼. 말들이 너무 많이 먹으면 안 돼. 많이 먹으면 배가 아파 쓰러질 거야."

내가 제이콥에게 속삭였다.

그 순간 나는 그렇게 말한 것이 부끄러웠다.

"넌 벌써 알고 있겠구나. 농장에서 네가 동물들을 돌본다고 페기가 그랬어. 너한테 그런 이야기를 하다니 바보 같아. 미안해."

하지만 제이콥은 내 말에 전혀 신경 쓰지 않았다. 제이콥은 심하게 떨리고 있는 말의 코를 다시 쓰다듬었다.

"캐티! 저녁 먹자!"

베란다에서 부르는 엄마 목소리가 들렸다.

"나 이제 가야 해."

내가 정중하게 말했다.

"얘들 이름이 제드와 달리아인거 기억해? 제드가 네 쪽에 있는 애야."

그리고 덧붙였다.

"난 캐티야. 기억하니?"

제이콥은 나를 보지 않았다.

"페기는 우리 부엌에서 저녁 식사를 돕고 있어. 그리고 다른 누나 넬 알지? 넬은 옆집에 있어. 바로 저기."

나는 열려 있는 마구간 문을 통해 비숍 씨 집을 가리켰다.

"캐티!"

다시 엄마의 목소리가 들렸다.

"안녕."

나는 서두르며 말했다. 그리고 제이콥을 그곳에 남겨 두고 마구간을 떠났다. 집으로 달려가며 엄마에게 소리쳤다.

"가요!"

그날 밤 내 방 창문에서 보니 마구간 문이 닫혀 있고 갈색 개는 사라지고 없었다. 머리가 정상이 아닌 한 소년이 어둠 속에서 6킬로미터 넘는 거기를 달려 집으로 갔다는 것을 알았다.

그날 밤 첫서리가 내렸다. 아침에 일어나 보니 사과나무의 사과들이 얼어 있었다.

◦1910년
12월

눈이다!

아침에 눈을 뜬 나는 눈의 고요함을 느낄 수 있었다. 내 방 창문에는 서리가 끼어 있었고, 방은 추웠다. 잠자리에 들 때도 추웠지만, 지금은 그것과는 다르게 추웠다. 포근한 추위라고나 할까?

나는 바로 일어나지 않았다. 바깥은 어떤 모습일까 생각하며, 파란색과 하얀색이 섞인 누비이불 아래로 깊숙이 파고들었다. 세상은 그렇게 변한다. 첫눈과 함께. 덩굴이 있던 자리에는 유령의 모습이 나타나 있을 것이다.

조금 있으니 엄마와 아빠가 방에서 이야기하는 소리가 들렸고, 다음엔 계단을 내려가는 아빠의 발자국 소리가 들렸다. 아빠는 삽으로 석탄을 좀더 퍼 넣으며 난로를 손볼 것이고, 그러면 집은 좀 따뜻해질 것이다. 아래층의 문이 열렸다가 닫혔다. 잠시 후 나오미가 도착해 부엌에서 신발에 묻은 눈을 털어 내는 소리가 들렸다. 나는 나오미가 오트밀을 준비하는 모습을 상상했다.

내 방 문이 열리더니 파란색 실내복을 입은 엄마가 나를 들여다보았다. 엄마는 페기가 '입덧'이라고 부르던 것이 끝난 상태였다.

"오늘은 학교에 가지 않아도 돼, 캐티. 나오미도 간신히 도착했어. 나오미 집에 전화가 있었다면 오지 말라고 전화했을 텐데. 페기와 내가 아침을 만들면 되니까. 나오미는 정말 전사라니까. 그 눈을 뚫고 뚜벅뚜벅 걸어왔어."

엄마는 긴 머리를 풀고 있었다. 나는 엄마가 그런 머리를 하고 있는 게 좋았다. 그러면 엄마는 어린 소녀처럼 보였다.

나는 엄마가 여덟 살일 때를 기억하고 있을지 궁금했다. 첫눈 오는 날의 흥분을 엄마가 기억하고 있을지 말이다.

스티븐슨 씨네 행주가 아직도 베란다 빨랫줄에 걸려 있었다. 엄마는 스티븐슨 부인이 지난 밤에 행주 걷는 걸 잊은 자기 집 가정부를 혼냈을 거라고 말했다.

"아마 빳빳하게 얼었을 걸요. 얼음을 반쯤 깨서 지하실에서 말려야 할 거에요."

페기가 말했다.

나는 김이 모락모락 나는 오트밀에 크림을 붓다가 스티븐슨 씨 가정부가 꽁꽁 언 행주를 부수는 모습을 상상하며 웃고 말았다. 우리도 가끔은 그렇게 해야 했다.

아빠는 시계를 보았다. 아빠는 병원에서 진찰해야 하는 환자가 있었기 때문에 서둘렀다. 아빠 진료실에서 약속한 환자들은 그리 급하지 않았고, 대부분은 눈을 뚫고 오지는 않을 가능성이 컸다. 하지만 쿠퍼 씨 막내가 어제 중이염 수술을 받았는데-오른쪽 귀에 진주종(*고막 안쪽에 생기는 진주 모양의 종양)이 있었다고 아빠가 말했다-한동안은 조심해서 관찰해야 하고 그렇지 않으면 소리를 듣지 못할 수도 있다고 했다.

"그리고 매티 워싱턴 부인 말이오. 참, 나오미도 부인을 알고 있겠군요. 부인 집이 나오미 집과 가깝잖아요."

스토브 앞에 있던 나오미가 고개를 끄덕였다.

"많이 아프신 건 아니겠죠, 그렇죠?"

"아프시진 않아요. 하지만 편안하게 지내시게 하고 싶네요. 곧 어떻게 되실지 모르니까."

아빠가 나오미에게 말했다.

"아흔두 살이시죠. 자식이 일곱인데 세 명만 아직 살아 있어요. 그중 하나는 늘 쓸모가 없었고요."

나오미의 말에 아빠가 웃음지었다.

"아무리 쓸모가 없더라도 자식인 걸요. 손자도 많죠."

"증손자요. 증손자도 있는 것 같아요."

나오미가 아빠에게 말했다.

"그래요, 워싱턴 부인은 아주 행복하게 오래 사셨어요."

아빠가 두꺼운 코트를 입었다. 레비가 끌고 나온 말들이 내는 소리가 집 앞에서 들렸다. 말들이 발을 구르자 마구에 달린 종이 딸랑딸랑 울렸다. 말들은 눈을 좋아한다. 눈은 말을 신나게 하는데, 내 생각에는 콧김이 차가운 공기 속에서 연기를 만드는 모양을 말들이 좋아하는 것 같았다.

아빠가 문을 열자 한 마리가 힝 우는 소리가 들렸다. 문이 열리는 순간, 베란다로 한 줄기 빛이 들어왔다. 온 천지가 하얗고 아직도 눈송이가 날아다니는 것이 보였다.

"계단이 미끄러울 거예요. 조심해요, 헨리."

엄마가 아빠에게 주의를 주었고, 아빠가 나갔다.

계단은 정말 미끄러웠다. 나는 온몸을 두껍게 꽁꽁 싸매고, 장갑을 끼고, 부츠를 신고, 목에 두 번 두른 빨간 목도리를 턱까지 끌어올린 다음에야 밖으로 나갈 수 있었다. 옆집에 사는 오스틴은 벌써 앞마당으로 나와 동생 로라 페이즐리를 위해 눈사람을 만들고 있었다. 이제 두 살 반밖에 안 되었으면서도 로라 페이즐리는 오빠를 부려 먹는 방법을 알고 있었다.

"코를 만들어야지!"

로라 페이즐리는 눈사람을 만들고 있는 오스틴을 베란다에서 지켜보면서 소리쳤다. 로라 페이즐리의 코와 두 뺨은 추위로 분홍색이 되어 있었고, 손에는 파란 장갑을 끼고 있었다.

"그럴게. 먼저 눈사람부터 만들고."

오스틴이 약속했다. 오스틴은 아직도 눈사람의 옆면을 두드리며 매끈하게 만들고 있었다. 나도 도와 주려고 다가갔다. 무릎까지 오는 눈을 헤치고 가는 것은 힘들었다. 가는 길에 눈사람 팔로 쓰려고 개나리나무에서 가느다란 가지 두 개를 꺾었다.

"땡땡!"

갑자기 로라 페이즐리가 장갑 낀 손으로 박수를 치며 즐거운 듯 외쳤다.

종이었다! 마구를 하고 마차를 끄는 우리 집 말들에게서 나는 작은 종소리가 아니었다. 수많은 종들이 줄을 지어 왔다. 커다란 말 여섯 마리가 끄는 눈 고르는 기계가 우리 동네로 들어왔기 때문이었다. 천천히, 말들이 커다란 롤러를 끌며 거리의 눈을 납작하게 만들었다.

아빠가 떠날 때만 해도 오차드 거리는 전혀 길 같지 않고 눈의 초원이나 눈의 바다 같았다. 제드와 달리아는 높이 발을 들어올리고 새로 내린 눈 속 깊이 스파이크가 박힌 겨울 편자 자국을 남기며 신나게 걸어갔다. 하지만 이제 오차드 거리는 다시 제 모습을 드러내고 있었다. 남자들과 소년들이 삽을 들고 집 앞으로 나와 길을 쓸고 있었다.

스티븐슨 씨네 가정부는 베란다에 나와 꽁꽁 언 행주를 걷고 있었다. 꾸지람을 들었는지 얼굴이 퉁해 있었다. 그러다가 눈사람을 보고는 웃음지었다.

"당근 필요하니? 얼른 가서 당근 가지고 나올게. 눈에는 석탄 덩어리가 좋겠다."

우리 집 페기나 페기의 언니 넬처럼 그 가정부도 농장에서 와서, 돈을 보내 집안을 돕는 어린 소녀에 불과했다.

그들은 모두 오스틴의 형 폴 비숍보다 조금씩 어렸다. 폴은 다음 해에 고등학교를 졸업할 예정이었다. 행주에서 빨래집게를 빼는 그 가정부를 보면서, 그 가정부도 스티븐슨 씨네서 행주를 빨고 부엌 바닥을 닦는 대신 학교에 가서 불어나 수학을 공부하고 싶어하는 건 아닐까 궁금했다.

로라 페이즐리가 잘 있는지 보러 넬이 나왔고, 그 뒤로 폴이 나왔다. 고등학교도 그날 수업이 없었기 때문에 폴은 집에 있었다.

"캐티!"

넬이 나를 불렀다.

"페기가 잠깐 나가도 되는지 엄마한테 여쭤 봐. 비숍 부인은 내게 그러라고 했거든!"

넬은 밝은 분홍빛 목도리를 목에 두르고 있었는데, 볼도 추위 때문에 분홍빛으로 변해 있었다. 폴이 베란다 난간에서 눈을 긁어서는 넬의 목 안에 넣으려고 했고, 넬은 폴이 바라는 대로 비명을 질렀다. 그러고는 웃으며 폴을 어깨로 밀었다.

가끔 폴은 넬을 간질여서 넬이 깔깔대며 얼굴을 붉히도록 만들곤 했다. 어느 가을날엔가는 넬이 뒷마당에서 빨래를 널고 있는데, 폴이 넬 뒤로 다가가서는 넬의 머리카락 속으로 갑자기 얼굴을 집어 넣는 것이었다. 폴은 자기 코로 넬의 목덜미를 간질이고, 넬의 허리에 슬쩍 팔을 감았다. 넬은 폴을 밀치려고 버둥대면서도 웃고 있었다.

"썰매 타러 가자!"

폴이 오스틴과 내게 소리쳤다.

"몸을 따뜻하게 감싸라."

내가 페기를 데리러 들어갔을 때 엄마가 말했다.

"그리고 너무 오래 밖에 있지 마라. 페기, 점심때까지는 캐티를 데리고 들어와. 그리고 네 언니가 로라 페이즐리를 너무 춥게 하지는 않는지 잘 보고."

"오스틴도요. 넬은 오스틴도 돌봐야 해요."

내 말에 엄마가 웃으며 말했다.

"내 생각엔 오스틴과 폴은 자기들이 알아서 할 것 같은데."

내 친구 제시 우드가 썰매를 끌고 자기 집 모퉁이에 나타났다. 우리는 썰매를 끌고 교회 너머 언덕을 향해 떼를 지어 출발했다. 썰매에 탄 로라 페이즐리가 덜컹거릴 때마다 깔깔대고 웃었다.

새로 고른 길 어디에나 아이들과 썰매가 있었다. 늘 끌던 마차 대신 작은 썰매를 끄는 말들이 지나갈 때마다 썰매 종이 딸랑거리는 소리가 들렸다. 말들은 머리를 흔들고 콧김을 내뿜었다.

"집에 있을 때도 썰매 탔어?"

　내가 페기에게 물었다. 페기는 내 손을 잡고 옆에서 걷고 있었다.

"우린 썰매가 없었어. 대신 요리할 때 쓰는 양철 냄비 위에 앉아 언덕을 내려갔지. 양철 냄비는 사방으로 빙글빙글 돌았어."

"넬도 그랬어? 제이콥은?"

"넬은 마을에 올 때까지 그랬지. 그리고 난 무릎에 안나를 태우고 미끄러져 내려온 적도 있어. 하지만 제이콥은 구경만 하고 한 번도 타지 않았어. 내 생각엔 제이콥이 빠른 걸 싫어하는 것 같아."

"나도 그래. 난 그냥 작은 언덕이 좋아."

　내가 고백했다.

"캐티는 겁쟁이래요."

　제시가 끼어들었다.

"아니야, 그렇지 않아."

　내가 대꾸했지만, 그게 사실이라는 걸 스스로도 알고 있었다.

"나랑 함께 타자, 캐티. 높은 언덕으로 가자."

　페기가 제안했다.

"내가 꼭 잡을게, 약속해. 전속력으로 달리는 건 아주 재미있어. 만약 네가 하지 않으면 남자애들이 널 겁쟁이라고 부를걸?"

나는 페기가 하자는 대로 했다. 강하고 튼튼한 페기가 두 팔로 나를 꽉 안고 있으니 무섭지 않았다. 나는 페기의 앞, 긴 울치마 위에 앉았다. 페기는 양쪽의 버팀줄을 잡아당기고 두 발을 조정판 위에 단단히 올려놓았다. 우리는 썰매를 밀고 출발했다. 언덕 아래까지 내려가는 내내, 나무와 부딪히지 않기 위해 급하게 방향을 틀 때마다 비명을 질러대며 웃었다.

우리는 언덕 아래에 서서 다른 아이들이 내려오는 것을 구경했다. 오스틴은 배를 두드리며 썰매를 타고 내려왔고, 제시 역시 썰매 위에 누워 쌩 날아가며 웃어댔다. 마지막으로 폴과 넬이둘 사이에 로라 페이즐리를 끼우고 함께 쌩 날아갔다. 로라 페이즐리는 무서웠는지 울음을 터트렸다. 그래서 페기와 내가 로라 페이즐리를 아기들이 타는 언덕으로 데려갔고, 넬과 폴 둘만남겨 두게 되었다.

로라 페이즐리는 완만한 경사는 무서워하지 않았다. 페기는로라 페이즐리를 계속해서 내려 보냈고 나는 로라 페이즐리를 끌어당기기 위해 아래에서 기다리고 있었다. 그곳에서도 오스틴이높은 언덕을 빠르게 내려오며 질러대는 고함 소리가 들렸다. 제시도 오스틴만큼 빠르게 내려오면서 오스틴만큼 크게 소리지르고 있었다. 이따금 넬이 즐거움을 이기지 못해 외치는 소리도 들렸다. 넬 뒤에 탄 폴이 둘이 탄 썰매를 조정해 내려가며 언덕 아래에서 방향을 돌릴 때마다 넬의 밝은 분홍빛 목도리가 바람에 휘날리는 것이 내가 서 있는 곳에서도 보였다. 언덕 아래 나무들은 위험하게 보였지만 썰매를 타는 아이들은 결정적인 순간에 어떻게 방향을 틀지 알고 있었다.

"밀어 줘!"

로라 페이즐리가 조르면 페기는 로라 페이즐리를 가볍게 밀었다. 그리고 꼬마 소녀가 천천히 미끄러져 내려가다가 완만한 경사 끝에서 깔깔거리며 작은 썰매로부터 넘어지는 것을 지켜보았다.

점심을 먹으러 집으로 가면서, 나는 흥분해서 날뛰는 우리가 꼭 말 같다는 생각을 했다. 특히 넬은 고삐 풀린 야생마 같았다. 넬은 장난치고 소리쳤다. 넬의 목소리가 너무 날카로워서 남들이 어떻게 생각할까 걱정한 페기가 언니에게 조용히 하라고 속삭였다. 하지만 넬은 짜증이 나는 듯 어깨를 으쓱하며 폴과 함께 걸어가 버렸다. 넬은 남들이 어떻게 생각하는지 따위는 상관하지 않았다.

○1911년
1월

    진눈깨비가 날리던 어느 목요일 오후, 넬이 여동생을 만나러 왔다. 두 사람 모두 목요일이 쉬는 날이었는데, 보통 페기는 도서관에 갔고 가끔 나를 데리고 가기도 했다. 페기는 나와 함께 가도 괜찮다고 했다. 넬은 영화를 보거나 쇼핑을 하러 늘 시내에 갔다.

    하지만 오늘은 멀리 걸어가기엔 너무 춥고 눈이 많이 왔다. 우리 집에 온 넬은 기분이 나빠 보였다. 넬은 부엌에서 코트와 부츠를 벗고, 눈에 젖은 숱 많은 머리에서 목도리도 풀었다. 다른 계획이 있었는데 날씨 때문에 모든 것을 망쳤다고 했다.

    자매는 함께 3층에 있는 페기 방으로 올라갔다. 가끔 페기는 한가할 때 나를 자기 방에 올라오게 했지만, 지금은 내가 쫓아가는 걸 원하지 않는다는 사실을 쉽게 알 수 있었다. 페기와 넬은 다 큰 숙녀들의 일로 수다를 떨고 있었다. 아래에 있는 내 방에서 넬의 웃음 섞인 환성과 좀더 조용하고 진지한 페기의 목소리가 들렸다.

"자기들끼리만 있고 싶어해요."

난 혼자 남겨진 것 같은 기분을 느끼며 엄마에게 투덜거렸다.

엄마는 위층 끝에 있는 작은 방에 있었다. 아무도 그곳에서 바느질을 하지 않았지만 우리는 그 방을 '재단실'이라고 불렀다. 엄마는 소나무 테이블 위에 앨범 하나를 펼쳐 놓고 앉아, '추억의 책'이라고 부르는 그 앨범에 조심스럽게 뭔가를 붙이고 있었다. 나이아가라 폭포 우편엽서가 있고 엄마 아빠의 결혼 기사가 실린 신문도 있었다. 어느 페이지에는 분홍색 장미가 꽂힌 꽃병으로 장식한 다과회를 설명해 놓은 엄마의 정성스러운 손 글씨 메모와 함께, 납작하게 말린 꽃 한 송이가 붙어 있었다. 갈색으로 희미해져 가는 그것이 꽃병에 꽂힌 장미 중 하나였다고는 상상하기 힘들었다.

엄마는 잠깐 동안 페기 방에서 들리는 소리에 귀를 기울였다. 엄마가 웃음지으며 말했다.

"스톨츠 자매 중 더 조용한 아이가 우리 집에 온 게 다행이구나. 비숍 부인이 그러는데 넬은 일은 아주 잘하지만 경박한 면이 있다더구나."

"경박한 게 뭐예요?"

"가볍게 행동한다는 거지."

"넬이 그렇지는 않아요. 넬은 영화에 나오는 것을 두고 아주 진지하게 생각해요."

엄마가 한쪽 눈썹을 치켜 올렸다. 엄마가 영화를 좋지 않게 생각한다는 것을 알고 있었던 나는 괜히 말했다는 생각이 들었다.

"이게 뭐예요?"

나는 리본으로 묶은 머리카락 한 움큼이 붙어 있는 페이지를 가리키며 물었다.

"네 거란다, 캐티."

엄마는 그것을 다정하게 바라보며 말했다.

"네가 두 살 때 엄마가 머리를 다듬어 주었지. 머리가 많지는 않았지만, 내가 잘라 줄 때까지 이 머리들이 네 눈을 찔렀던 거야."

엄마는 사진 하나를 가리켰다.

"이것 봐! 네가 기억할지 모르겠구나. 그 해 여름에 너와 제시 우드 둘 다 네 살이었고, 제시의 아빠가 새 카메라를 샀지."

진지한 표정의 두 꼬마가 모자를 쓰고 나란히 서 있는 사진을 자세히 들여다보는 동안 호수에서의 그날이 떠올랐다. 여름이었다. 조각조각 그날의 일들이 떠오르기 시작했다.

제시는 검은 구두를, 나는 하얀 구두를 신었다. 바람에서는 소나무 향이 났다. 구름은 내 곰 인형 같은 모양이 되었다. 그러다가 귀가 뭉개지는 것 같더니 그냥 구름이 되었다. 전혀 곰이 아니었다(나는 처음부터 알고 있었지만). 그러고는 구름이 재빨리 사라지더니 하늘은 파랗기만 했다.

그리고 불꽃놀이! 우리는 우드 씨네 오두막집으로 놀러 간 것이었다. 오두막집이란 말은 동화처럼 들렸다. 나무꾼의 오두막집. 헨젤과 그레텔의 오두막집.

하지만 우드 씨네 오두막집은 동화책에 나오는 것이 아니었다. 그냥 집이었다. 우드 씨 부부가 독립기념일이라는, 나는 잘 모르는 휴일을 함께 보내자고 우리 가족을 초대한 것이다. 그리고 불꽃놀이도 했다.

향기와 하늘과, 뜨거움, 햇볕에 얼굴을 가리기 위해 썼던 챙 넓은 밀짚모자, 하얀색 구두와 까만색 구두가 생각났다. 하지만 어떤 지점에 가면 신발과 스타킹과 드레스, 심지어 모자도 기억에서 사라졌다. 내 기억으로는 제시와 내가 블루머(*예전에 운동복으로 입던 여성용 바지)만 입고 강가에서 놀았기 때문이다. 우리는 작은 은빛 물고기를 쫓아다녔다. 피라미! 누군가 그 물고기들은 피라미라고 한다고 가르쳐 주었고, 우리는 웃어대며 서로에게 말했다.

"피라미! 피라미!"

날이 더웠지만 한참이 지나자 우리는 떨고 있었다. 내 손가락 끝은 쭈글쭈글해지고 연한 보랏빛으로 변했다. 엄마들이 까슬

까슬한 마른 수건으로 우리를 닦아 주었다. 제시가 솔잎이 젖은 발을 찌른다고 짜증을 부렸다. 우리는 강가의 모래에서 놀았다.

제시와 내가 반쯤 벗고 햇볕 아래에서 노는 동안, 부모님들은 이야기를 나누며 베란다에 있었다. 우리는 구부러진 주석 삽으로 젖은 모래를 팠다. 제시는 양동이를 갖고 있었지만 나는 없었다. 나는 제시의 양동이에 관심이 없는 것처럼 굴었지만, 사실은 분홍빛 얼굴의 아이들이 성을 만들고 그 뒤에는 파도가 하얗게 넘실거리는 바다가 그려져 있는 반짝이는 금속 양동이가 내 것이었으면 좋겠다고 생각하고 있었다.

나는 작은 해변을 따라 나 있는 키 큰 풀숲을 향해 무거운 몸으로 폴짝폴짝 뛰어가는 담갈색 두꺼비를 살금살금 따라갔다. 그런데 그 두꺼비가 더 이상 보이지 않았다. (나는 어느새 그 두꺼비가 '내' 두꺼비라고 생각하고 있었다.) 그러나 내가 조용히 기다리자, 풀이 움직이는 것이 보였다. 두꺼비가 다시 뛰는 것이었다. 난 지켜보면서 기다렸다. 나는 풀이 움직이는 대로 따라갔다. 풀은 내 머리보다 높이 자라 있었고, 나는 풀에 둘러싸이고 말았다. 나를 둘러싼 키 큰 갈대 때문에 내가 보이지 않게 되었다는 생각에 순간 무서워졌다. 하지만 세상은 여전히 바로 옆에 있었다. 여전히 베란다에 있던 어른들이 하는 이야기 소리도 들렸다.

"캐티가 어디 있지?"

갑자기 엄마가 물었다.

"제시, 캐티 어디 있니?"

우드 부인이 심드렁한 목소리로 물었다.

"몰라요."

제시의 목소리는 내게서 그리 멀리 있지 않았다.

"바로 여기 있었는데. 방금 전에 캐티를 봤는데."

그건 아빠 목소리였다.

"아이들이 얼마나 재빠르게 돌아다니는지, 정말 놀랍지 않아요?"

다시 우드 부인이었다.

우드 부인은 애써 즐거운 목소리로 말하고 있었지만, 걱정하고 있다는 것을 느낄 수 있었다. 걱정하는 것을 보니 나는 즐겁고 우쭐해졌다.

"캐티!"

엄마는 이제 소리를 지르고 있었다.

"캐티!"

나는 대답해야 한다는 것을 알고 있었다. 하지만 머리 위로 키 큰 풀들이 금빛으로 반짝이는 촉촉한 땅에 쪼그리고 앉아 꽁꽁 숨어 있는 것이 기분 좋았다. 나는 숨어서 관찰자처럼 내 옆에서 일어나는 일들을 듣고 있는 것이 좋았다. 살랑살랑 바람이 불자 풀들이 내 머리 위로 누우면서 내게 꼭 맞는 작고 비밀스러운 장소가 생겼다. 나는 어른들에게서 벗어나 행방불명되는 새로운 재미에 빠져서 내 두꺼비는 벌써 까마득하게 잊어버린 상태였다. 나는 숨을 죽였다.

"저쪽으로 가 봐요, 캐롤린. 나무더미 뒤랑 헛간 옆을 확인해 봐요. 나는 이쪽을 찾아볼 테니."

아빠가 말했다.

"집 안으로는 안 들어갔을 거예요. 그렇죠? 집 안으로 들어가려면 우리를 지나가야 하니까요. 우리가 캐티를 봤겠죠."

"제시, 정말 캐티가 어디 갔는지 모르니?"

우드 씨는 화가 난 목소리였다. 딸을 꾸짖고 있는 것 같았다.

제시가 울기 시작했다. 제시가 우니 어쩐지 기분이 좋았다. 제시는 울어도 쌌다. 왜냐하면 반짝이는 그림이 그려진 양동이를 가졌으니까.

"캐티! 캐티!"

이제 엄마의 목소리가 꽤 멀리서 들렸다.

"생각 좀 해 봐요."

제시의 엄마가 말했다.

"제시, 뚝!"

제시는 아직도 큰 소리로 울어 대고 있었다.

"캐티는 맨발이니까 그리 멀리 가지는 못했을 거예요. 집 저쪽으로는 돌투성이거든요. 발이 아플 거예요."

"캐에에에티!"

엄마가 그런 식으로 부를 때는 노랫소리처럼 들렸다.

"헨리, 이쪽엔 없어요."

엄마가 아빠에게 소리쳤다.

"다들 조용히 해 봐요. 캐티가 우릴 부르고 있는데 우리가 못 듣고 있을 수도 있으니까."

우드 씨가 명령하듯 말했다.

이제 울부짖고 있는 제시 말고는 모든 것이 조용했다. 나는 마음속으로 아빠 말을 듣지 않는 제시를 꾸짖었다.

"쉿!"

우드 씨가 화가 나서 말하자 결국 제시는 조용해졌다.

이제 그 중요한 침묵을 향해 난 소리쳐야 했다.

"짠! 나 여기 있어요!"

하지만 난 그러지 않았다. 내 발가락 옆에 벌레 한 마리가 있었고, 나는 그 벌레가 축축하고 매끄러운 땅 위를 기어가는 모습을 지켜보았다. 벌레 옆에 손을 놓고 그 벌레가 손가락에 올라타 내 몸에 기어오르길 바랐다. 하지만 벌레는 조심스럽게 내 손을 비켜 돌아갔다. 나는 벌레에 대해 곰곰이 생각하기 시작했고, 그러는 사이 내 가족이나 그들이 하고 있을 걱정 같은 것은 잊어버리고 말았다. 나는 몸을 웅크렸다가, 결국 누워 버렸다. 그러고는 침대처럼 부드럽고 은밀하고 따뜻한 진흙 속으로 천천히 파고들었다. 커튼처럼 나를 둘러싼 풀 사이로 내리쬐는 햇볕 때문에 내 머리와 등은 뜨거웠다. 모든 것이 꿈결 같았다.

어른들이 발견했을 때에야, 나는 잠에서 깨어났다. 엄마는 울고 있었고, 나는 내가 숨은 것이 조금 미안하게 느껴졌다. 하지만 다들 관심을 가져 주는 것이 좋았다. 나는 이제 '길 잃은 꼬마 소녀, 위험에 빠지다'라는 이야기 속의 주인공이었다.

우리는 쿠키를 받았다. 우드 부인이 만든 것임에 틀림없었다. 건포도가 들어 있었기 때문이다. 엄마는 내가 건포도를 싫어한다는 것을 알고 있었다. 나는 꼼꼼하게 건포도를 골라 내서 베란다 옆 덤불 속으로 떨어뜨렸다. 엄마는 내가 그러는 것을 보고 웃음지었다. 둘만의 비밀이라는 듯이.

우리는 옷을 갈아 입었다. 제시는 여전히 화가 나 있었다. 나는 제시의 기분을 알 것 같았다. 방치되고 무시당한 느낌, 이해할 수조차 없는 것들 때문에 화가 나서, 결국 절망감으로 울며 뭔가 원망할 것을 찾는 그런 기분이었다. 나는 생각했다. '울어야 할 사람은 나야! 익사하거나 곰에게 잡아먹히는 것은 나였을지도 모르니까!'라고. 그러나 대신 나는 웃음지었고, 엉엉 울면서 어른들을 힘들게 한 것은 제시였다. 제시는 스타킹을 끌어올려 주는데 솔잎이 있을지도 모른다며 울부짖었다. 아, 그래! 이제 이해했어! 제시는 솔잎이라는 단어 때문에 짜증이 난 것이다. 두 엄마는 제시의 발이 깨끗하고 물기도 없다고 계속 안심시켜 주었다. 하지만 제시를 무섭게 한 건 흙이나 물기가 아니었다.

솔잎이었던 것이다!

그리고 잠시 후 하늘에서는 오색찬란한 색깔들이 팡팡 터졌고, 그때마다 깜짝깜짝 놀라게 하는 폭죽 소리가 울려 퍼졌다. 나는 오두막집 베란다에서 아빠 무릎 위에 웅크리고 앉아 그것을 보았다. 나는 졸리기도 하고 팡팡 터지는 소리와 번쩍이는 빛 때문에 어리둥절하기도 했지만, 무섭지는 않았다. 내 뺨에 닿은 아빠의 셔츠 감촉이 부드러웠고, 아빠에게서는 늘 그렇듯 면도하고 난 뒤 바르는 로션이나 구두약이나 파이프 담배 냄새 같은 아빠의 향기가 났다. (엄마에게서는 콜로뉴 향수나 화장분 냄새, 그리고 블라우스 다림풀 냄새가 났다.)

제시도 제 아빠 무릎에 앉아 있었겠지만, 제시는 그날 저녁 내 기억 속에 없었다. 아빠와 나를 둘러싼 것들에 대한 기억밖에 없다. 그리고 모기들. 베란다에는 모기들이 윙윙거리고 있었는데, 아빠는 내 맨팔에서 모기들을 쫓아 내기도 하고 이따금씩 아빠 목에 붙은 모기를 쳐서 잡기도 했다.

"네, 기억나요."

함께 사진을 보며 내가 엄마에게 말했다.

위에서는 여전히 웅얼거리는 낮은 목소리가 들려왔다. 나는 다시 나와 제시, 꼬마들의 사진을 보았다. 그러다가 사진 속의 아이들이 페기와 넬이라고 상상해 보았다. 조용하고 조심성 있고 단정하고 꼼꼼한 아이. 그리고 반짝이는 주석 양동이를 삽으로 치고 있는, 뭔가를 갈망하고 성급하고 조바심 내고 시끄러운 아이.

◦1911년
2월

　겨울은 지루하게 계속되었고, 우리는 곧 눈이 지겨워졌다. 1월이 왔다 갔고 2월이 시작되었다. 학교에 가기 위해 옷을 입는 아침 시간도 어두웠고, 저녁의 어둠도 일찍 찾아왔다. 아빠는 저녁을 먹고 나면 난롯불을 피웠고, 우리 집 개 페퍼가 양탄자 위에서 자는 동안 큰 소리로 책을 읽어 주었다. 그 사이 엄마의 손가락은 뜨개질감 위를 춤추듯 날아다녔다. 위층 서랍장에는 잘 개어 놓은 아기 옷들이 주인을 기다리고 있었다.

　가끔 페기도 앉아서 함께 들었다. 위층 페기의 방이 너무 추워서, 엄마는 페기더러 저녁 때 우리와 함께 아래층에 있으라고 말했다. 그래서 페기는 구석에 고쳐 놓은 짙은 초록색 의자에 앉았다. 아빠는 『데이비드 카퍼필드』를 읽어 주었는데, 나는 슬픈 부분에서 페기가 살짝 우는 것을 보았다.

낮에 엄마가 낮잠을 자면 페기는 혼자 책을 읽었다. 일주일에 한 번 우리는 함께 도서관에 갔는데, 가끔 얌전하게 굴겠다고 약속을 하면 제시도 데리고 갔다.

어느 금요일의 이른 저녁, 전화벨이 울렸고 아빠가 병원으로 불려 갔다. 엄마가 한숨을 쉬며 뜨개질감을 내려놓더니 아빠 대신 책을 집어 들었다. 하지만 엄마 목소리는 아빠와는 달랐고, 아빠가 재미있는 목소리로 역할을 연기하듯 하지도 않았다. 그러더니 결국 이렇게 말했다.

"엄만 잘 못하겠다."

그러고는 속상한 듯 말했다.

"아빠가 일찍 돌아왔으면 좋겠구나."

하지만 아빠는 밤새 돌아오지 않았고, 다음 날 아침 일찍 나쁜 냄새를 풍기며 돌아와서는 곧장 목욕을 하러 위층으로 올라갔다. 스카일러 제분소에 끔찍한 불이 났던 것이다.

"어떤 사람들이 스톨츠 씨 아들이 그랬다고 죄를 뒤집어씌우고 있어."

나는 아빠가 방에서 옷을 갈아 입으며 엄마에게 하는 이야기를 들었다.

"페기의 동생 말이야. 그 아이가 가끔 제분소 주변을 돌아다니긴 했지. 거기를 좋아하거든. 사람들이 아이의 불행을 조롱하더니만, 이젠 책임을 떠넘기려고까지 하는군."

"사실이면 어떻게 해요? 그 아이가 책임져야 하나요? 아, 페기에게 전하기엔 끔찍한 소식이네요."

엄마의 목소리는 매우 걱정스럽게 들렸다.

"아니, 아니야. 늦게까지 일한 인부 중 한 사람이 담배에 불을 붙였는데 먼지에 불꽃이 일었대. 폭발하는 것처럼 말이야. 사람들이 그걸 다 봤어. 스톨츠 씨 아들은 그곳에 있지도 않았는걸."

제분소는 모두 다 타 버렸다고 했다. 벽만 남고, 맷돌은 돌덩이처럼 누워 있다고 했다. 불을 끄기 위해 도처에서 사람들이 왔고, 어떤 사람들은 화상을 입었다.

아빠는 아침을 먹으면서 화상을 입은 사람들이 살 수 있기를 바라지만, 확신할 수는 없다고 했다. 아빠와 다른 의사들은 밤새 일했다. 하지만 내가 그곳이 어땠는지, 다른 의사들은 뭘 했는지 묻자, 엄마와 페기 둘 다 나더러 조용히 하라고 주의를 주었다.

"그런 일에 대해 이야기하는 걸 아기가 들으면 나빠."

그날 아침 늦게 페기가 다림질할 때 나를 불러다 놓고 설명해 주었다.

"네가 그러면 엄마가 화가 나실 거고, 그러면 아기에게 안 좋아."

"어떻게 그런지 모르겠는데. 아기는 안에서 아주 편하게 있어. 아빠가 그러는데, 아기는 떠다니면서 수영을 한대."

그러자 페기가 심각한 목소리로 말했다.

"아기들은 표시를 달고 나올 수도 있어. 고삐 풀린 말에 놀란 어떤 여자가 아기를 낳았는데, 갈기와 꼬리를 달고 나왔다는 이야기를 들은 적이 있어."

나는 침까지 튀겨 가며 웃었다.

"말도 안 되는 거 알지? 진짜 본 건 아니잖아, 그렇지?"

"그건 그렇지만, 들었어."

"누군가 놀린 거야."

페기가 잠깐 생각하더니 결국 웃음을 지었다.

"아마도. 하지만 엄마 될 사람을 화나게 하면 안 되는 건 사실이야. 너 가게에서 야채 배달 오는 아이 알지?"

"응."

그 아인 사실 우리 학교에 다니는 6학년 에드워드였는데, 마차에 야채를 싣고 왔다. 엄마는 언제나 뒷문에서 그 아이에게 5센트를 주었다.

"그 애 엄마가 그 아일 가졌을 때, 아이 얼굴에 표시가 생긴 거야. 그 엄마가 뭔가 섬뜩한 걸 보고 자기 얼굴에 손을 댔는데, 딱 그 자리래."

에드워드는 턱과 뺨을 가로지르는 희미한 분홍색 자국이 있었다.

"아빠는 그런 걸 모반이라고 불러."

내가 페기에게 말했다.

"그래?"

나도 정확히는 몰랐기 때문에, 아빠랑 단 둘이 있을 때 좀더 물어 봐야겠다고 마음먹었다.

페기는 다리미를 가열하기 위해 스토브 위에 두었다. 페기는 다림질이 끝난 큰 천을 접어 옆에 두고, 바구니에서 축축하고 돌돌 말린 다른 천을 꺼냈다. 밖은 추웠지만 부엌 안은 습기와 열기로 느낌이 좋았다.

"페기, 머리에 이상이 있는 것도 표시를 달고 나오는 거랑 같은 거야?"

"머리에 이상이 있는 거?"

페기는 다림판에 천을 놓으면서 당황한 얼굴로 나를 보았다.

"제이콥 말이야. 제이콥이 머리에 이상이 있다고 그랬잖아."

뜨거운 다리미를 천에 올리자 지글지글 소리가 났다. 페기는 천이 타지 않도록 다리미를 왔다갔다 움직였다.

페기가 깔깔 웃었다. 페기는 다정한 얼굴이었다. 페기가 동생 이야기를 할 때면 언제나 그렇게 다정한 표정이 되었다.

"엄마는 '신의 손길이 닿은 것'이라고 했어. 나도 그게 맞는 것 같아."

페기가 털어놓았다.

"하지만 아빠는 그렇게 생각하지 않아. 아빠는 언젠가 농장을 물려받을 수 있는 아들이 있었으면 하고 바라시지. 제이콥은 그럴 수 없잖아."

"제이콥이 동물들을 잘 돌본다고 했잖아."

난 우리 말들과 함께 있는 제이콥을 보면서 이미 그 사실을 알고 있었다. 제이콥은 밤이 되면 우리 집에 자주 왔고, 나는 마구간에서 제이콥을 만났다. 하지만 나는 제이콥이 왔다는 것을 페기에게 말하지 않았다. 제이콥이 온 것이 나쁘다거나 비밀이라서가 아니라 우리 둘만의 일 같았기 때문이다.

"난 제이콥이 우리 말들이랑 있는 걸 봤어. 제이콥은 동물들과 특별한 언어로 이야기할 수 있는 것 같아."

"제이콥은 동물들을 돌보는 자신만의 방법이 있는 거야."

페기가 내 말에 동의했다.

"하지만 농장은 동물만 있는 게 아니야. 온갖 일들이 있지. 씨를 뿌리고 수확해야 해. 연장과 마구를 손질해야 하고, 씨앗도 사야 하지. 우리 아빠는 사료 판매점에 가서 흥정하고 거래도 하지. 그리고 도축도 하고. 도축할 때면 제이콥이 도망가서 숨어 버리기 때문에, 아빠가 힘들어하지. 제이콥은 동물들이 자기 친구라고 생각하는 거야. 그 시간이 오면 제이콥은 그곳에 있을 수 없고, 그래서 아빠는 화를 내는 거야."

"하지만 새끼고양이는, 지난번에 새끼고양이들이 너무 많다며 이야기를 해 줬잖아. 제이콥이 고양이를……."

나는 더 이상 말할 수 없었다.

페기는 다림질된 천을 접어 쌓아 두었다.

"아빠 손수건 다림질해 볼래?"

페기는 바구니에서 젖어 있는 작은 천을 꺼내며 물었다.

나는 뜨거운 다리미를 들고 네모난 천을 다림질했다. 다리미는 무거웠고, 손수건을 반듯하게 펴서 다리는 일은 보는 것만큼 쉽지 않았다. 페기는 튼튼한 제 손을 내 손 위에 얹더니 다림질을 도와 주었다.

"새로 태어난 새끼고양이는 수염이 나고 온통 털로 뒤덮여 있고, 사방을 뛰어다니며 너랑 같이 노는 고양이와는 달라. 갓 태어난 것들은 그렇게 사랑스럽지 않아. 제이콥은 그 일을 얼른 해치우고 잊어버려. 엄마고양이조차도 상관없는 듯 보이는걸."

페기가 설명해 주었다.

"손수건 귀퉁이 좀 봐."

페기는 'HWT'라고 수놓인 곳을 손가락으로 어루만졌다.

"너희 아빠 이름의 머리글자야. 다림질할 때마다 보면서, 자기 이름이 소중히 여겨진다는 게 얼마나 멋진 일인지 생각해."

현관문에서 노크 소리가 들리더니 엄마가 베란다에서 소리쳤다.

"캐티! 제시가 놀러왔다!"

"캐티, 제시를 여기로 데리고 오지 마. 제시는 이것저것 가만히 두지 않는데다가, 손은 늘 더럽잖아."

나는 웃었다. 사실이었기 때문이다. 제시 우드는 내 단짝 친구이긴 하지만, 늘 말썽의 원인이었다. 가끔은 내가 못하게 말려도 장난을 치기도 하고, 장난을 치는 게 아니어도 언제나 물건위로 넘어지고, 물건을 떨어뜨리고, 부러뜨리고, 더럽혔다. 나는페기가 다림질하도록 남겨 두고 제시와 함께 종이 인형 놀이를하기 위해 내 방으로 갔다. 엄마가 시어즈 로벅의 작년 카탈로그를 주었는데, 제시와 나는 카탈로그에서 오려낸 사람들로 멋진가족 세트를 만들었다. 요즘 우리는 가족들의 집을 만들어 주고있었는데, 집 안을 꾸밀 가구를 카탈로그에서 선택하고 있었다.제시의 것은 비싼 가구에 환상적인 벽지를 하고 있는 큰 집이었다.하지만 내가 고른 가족은 농장에서 살고 있을지 몰라서, 그들이좀더 평범한 생활을 하게 해 주기로 결정했다. 아빠를 위해 작업복 바지를 고르고 쟁기도 골랐다. 지난번 놀 때 오려 놓았던작은 소년에게도 작업복 한 벌을 주었다. 소년이 여기저기 돌아다닐지도 모른다는 생각에 따뜻하고 편안하게 다닐 수 있도록튼튼한 신발도 골랐다.

나는 눈이 녹아 내리고 있는 제시의 신발을 보고, 발을 닦으라고 말했다. 2월에서 3월로 넘어가면서 눈이 사라진 길 곳곳이질척거리는 진흙투성이였다. 그리고 제시에게 우리의 종이 인형을 꺼내기 전에 손을 씻으라고도 했다. 지난번 놀 때는 손을 씻게 하지 않았더니, 제시는 종이 가족의 엄마에게 씌워 주고 싶어 하던 멋진 여름 밀짚모자를 더럽혔다.

제시는 손을 씻으면서 우리 집 목욕탕에서 이상한 냄새가 난다고 했다.

그건 사실이었다. 아빠가 밤새 병원에서 입었던 옷을 페기가 치웠지만, 그 냄새가 남아 있었기 때문이다. 페기가 나중에 말해 줬는데, 그것은 불에 탄 사람들의 냄새라고 했다. 밖은 추웠지만 페기는 창문을 활짝 열고 석탄산으로 목욕탕을 박박 문질러 닦았다.

우리가 뉴욕에서 일어난 정말, 정말 끔찍한 뉴스를 들은 것은 그로부터 일주일밖에 지나지 않아서였다. 페기는 처음 그 뉴스를 듣고는 숨을 몰아쉬더니 "아!" 하고 소리를 냈다. 최근에 넬이 뉴욕에 대해, 뉴욕에 가서 일을 해서 돈을 벌면 영화에 출연할 수 있는 길이 있을 것 같다는 이야기를 했기 때문이다.

그곳에서 일하다가 끔찍한 화재 속에 갇힌 건 넬처럼 어리거나 그보다 훨씬 더 어린 소녀들이었다. 소녀들은 8층에서 뛰어내렸다. 뉴스에서 어떤 아이들은 치마나 머리에 불이 붙은 채로 손을 잡고 뛰어내렸다고 보도했다. 수백 명이었다. 길 한가운데에 그들의 몸이 연기를 내며 쌓여 갔다. 나는 아빠 옷에서 나는 냄새를 생각했다.

신문에 소녀들의 이름이 나왔다. 몰리즈, 로시, 안나, 그리고 심지어 내 이름과 같은 열네 살 캐티도 있었다. 어떤 아이들은 신원 미상이었다. 그들이 누구인지 아무도 모르는 것이다.

어떤 아이는 이제 겨우 열한 살이었다. 이름은 메리였다.

뉴욕에서는 수천 명의 사람들이 오로지 좀더 나은 삶을 위해 돈을 벌고 싶어했던 그 근로 소녀들에게 애도를 표하고자 줄을 섰다. 비가 내리고 있었다. 신문 사진에는 수천 개의 우산이 찍혀 있었다. 나도 검은 우산을 들고 빗방울을 뚝뚝 떨어뜨리며 그곳에 가고 싶었다. 그리고 그들의 묘지 앞에 머리를 숙이고 싶었다.

내 마음속에는 그들에게 애도를 표할 길이 없다는 좌절감이 가득했다. 마침내 아무도 보는 사람이 없을 때, 나는 엄마 방으로 들어가 화장대 서랍을 열고 다림질을 해서 잘 개어 놓은 엄마의 블라우스들을 살펴보았다. 나는 '트라이앵글 블라우스 회사'라고 적힌 상표를 찾았다. 찢어 버리고 잉크로 낙서해서 내가 아는 모든 방법으로 그 회사를 벌줄 생각이었다.

하지만 하나도 찾지 못했다. 엄마의 옷은 대부분 미스 애보트가 만든 것이었다.

나는 대신 그날 죽은 열한 살 메리 골드스타인을 위해 기도했다. 나는 몇 주 동안 매일 밤 기도했다.

"메리 골드스타인에게, 부디 천국에서 행복해. 무서워하지도 말고 다시는 불에 타지 마. 이제 넌 땅으로 떨어지지 않고 하늘을 날게 될 거야."

나는 매일 밤 잠 들기 전에 그 말을 중얼거렸다. 하느님께 보내는 게 아니더라도, 하느님이 기도라는 것을 알 수 있도록 맨 마지막에는 "아멘"을 붙였다.

∘1911년
3월

"제발 아빠, 저도 데려가세요!"

그날은 토요일 오후여서 학교 수업이 없었다. 페기는 부모님을 뵈러 집에 갔다. 제시는 무슨 장난인가를 해서 벌을 받고 있는 중이라 놀 수 없었고, 오스틴은 해리스버그에 있는 사촌 집에 가고 없었다. 엄마는 위층에서 쉬고 있었다. 나는 너무 지루했다.

밖에는 마차가 기다리고 있었고, 아빠는 필요할지도 모르는 물건을 확인하며 진료 가방을 들여다보고 있었다. 나는 아빠의 진료실에 있었고, 아빠가 캐비닛 안에 넣어 두는 하얀 가루가 든 작은 병을 가방에 넣는 것을 지켜보았다. 아빠를 찾는 전화는 막 점심을 먹고 나서 왔다.

"제가 귀찮게 하지 않을 거라는 거 아시잖아요!"

아빠는 가방을 딸깍 잠갔다.

"물론 방해가 되지 않지. 가끔 도움이 되기도 하는걸, 꼬마 의사 선생님."

"그럼 가도 되는 거죠?"

"너를 데리고 들어갈 수가 없어, 캐티. 거긴 네가 부엌에 앉아 기다릴 수 있는 환자 집이 아니야. 또 사람들이 네가 나를 돕는 것을 좋게만 생각하는 제분소와도 달라. 거긴 병원 같은 곳이야."

"상관없어요. 마차에서 기다릴 수 있어요. 그러면 말들도 좋아할 거예요. 늘 자기네들끼리만 외롭게 기다리니까요. 그리고 책도 갖고 갈게요."

아빠가 웃었다.

"좋아. 네가 따라간다고 엄마에게 말하고 올게."

아빠가 말했다.

그래서 한 시간 뒤 나는 난생 처음으로 어사일럼에 들어갔다.

나는 예전에 어사일럼을 멀리서 본 적이 있었다. 시내 변두리, 철 대문이 있는 담으로 둘러싸인 넓디넓은 땅 한가운데에 육중한 석조 건물이 서 있었다. 문 옆 돌기둥 하나에 깊이 새겨진 글자는 '어사일럼'이었는데, 나는 그것을 발음하지 못했다. 언젠가 한 번, 마차를 타고 그곳을 지나가면서 아빠는 그것을 어떻게 발음하는지, 무슨 뜻인지 말해 주었다.

"사전에는 그 단어를 '보호하는 곳'이라고 해 놓았을 거야."

아빠가 말했다.

"그런데 누가 보호가 필요한 거예요?"

"아픈 사람, 그리고 스스로를 돌볼 수 없는 사람."

"그럼 병원이네요, 진짜로."

"그래, 어떤 면에서는."

"제시가 미친 사람들이 있는 곳이래요. 정신지체아나 미치광이나 정신이상자요."

아빠가 웃으며 설명했다.

"그게 전부 아픈 사람을 가리키는 다른 말들이야. 그 사람들은 마음이 아픈 거지. 그리고 어사일럼에 있는 사람들이 그들을 보살펴 주는 거란다."

"제시가 무섭대요."

"무서워할 필요는 없어."

"제시는 벌레도 무서워해요. 난 안 무서워요."

나는 괜히 으쓱한 기분이었다.

하지만 사실 그날 수위실 관리인이 육중한 문을 열어 주어서 아빠가 마당 안으로 마차를 몰고 들어갔을 때, 조금은 무서웠다. 건물은 아주 컸고(세어 보니 5층 건물이었는데, 가운데 부분만 그랬다. 양 옆으로 건물이 더 이어져 있었다), 아주 조용했다.

마당을 따라 길이 빙 둘러 있었고, 여기저기에 벤치들이 놓여 있었다. 하지만 3월 하순에 나와서 산책을 하거나 바깥에 앉아 있는 사람은 없었다. 눈이 아직 녹지 않고 남아 있었고, 공기는 쌀쌀했다. 아빠는 담요로 나를 감싸 주고, 장갑을 끼게 했다.

아빠는 건물 정면 기둥에 말을 묶으면서 오래 걸리지 않을 거라고 내게 말했다. 만약 발이 시리면 마차에서 내려와서 씩씩하게 걸어다니면 발이 따뜻해질 거라고 말해 주었다. 힘차게 발을 디디며, 왔다갔다 빨리 걷는 것이 발이 시릴 때의 좋은 처치법이라고 했다.

"대처 의사 선생님의 처방이다."

아빠가 웃으며 말했다.

그러고는 화강암 계단을 올라가 정문에 있는 초인종 끈을 당겼고, 문이 열렸다. 아빠는 안으로 들어갔다.

나는 제드와 달리아에게 잠깐 이야기를 해 주었다. 둘의 귀가 앞뒤로 움직이는 걸 보니 내 이야기를 듣고 있는 것 같았다. 그리고 나는 내가 읽던 부분에 끼워 둔 책갈피를 찾아 책을 펼쳤다. 내가 좋아하는 『양배추 밭의 위그즈 부인』이었다. 장갑을 낀 손으로 책장을 넘기기가 힘들었지만, 장갑을 벗기엔 날씨가 너무 추웠다. 나는 책에 집중할 수가 없어서, 소리내어 읽어 보았다. 위그즈 꼬마 소녀들이 자기 머리를 다림판에 놓고 다리는 6장이 아주 재미있었다. 나는 그 부분을 이미 한 번 읽었는데, 그때 크게 웃었었다. 나는 그 부분을 말들에게 읽어 주기 시작했다.

그런데 두 번째 읽으니 재미가 없었다. 말들은 듣지 않았고, 나는 발이 시려서 결국 책을 옆에 두고 대처 의사 선생님의 처방

대로 하기 위해 마차에서 내렸다.

쿵, 쿵, 쿵.

나는 군인처럼 힘차게 걸었다. 그러자 수위실의 남자가 무슨 일인가 싶어 문으로 나와 나를 보더니, 다시 작은 건물의 따뜻함 속으로 사라졌다. 나는 마당에 드리워진 건물의 그림자 끝을 따라 걸었다. 굴뚝이 하늘 높이 솟은 곳마다 지붕 그림자의 윤곽이 급하게 꺾였다. 그리고 차가운 날씨 탓인지 굴뚝에서 나오는 연기가 눈 위에서 꿈틀꿈틀 흔들렸다. 나는 굴뚝 그림자를 따라 걷다가 모퉁이에서는 군인들이 하는 것처럼 재빨리 몸을 틀었다.

모든 모퉁이마다 꺾으며 한 바퀴 다 돌고 나자, 아빠가 말한 대로 내 두 발은 따뜻해졌다. 나는 마차가 기다리고 있는 담벼락 쪽으로 갔다. 바로 그 순간 나는 내가 흥얼거리고 있던 행진곡 사이로 비명 소리를 들었다. 여자의 비명 소리 같았지만 정확히 알 수는 없었다.

문지기도 그 소리를 들은 게 분명한데도 머리를 내밀지 않았다.

그 사람은 다시 소리를 질렀고, 또 소리를 질렀다. 높은 곳, 높은 층 어딘가에서 들리는 것 같았다. 창문들은 꼭꼭 닫혀 있었고, 창문에는 창살이 쳐 있었다. 하지만 비명 소리는 어사일럼의 두꺼운 돌 벽을 뚫고 나온 것처럼 바깥 공기를 관통했다. 말들이 머리를 치켜들고 콧김을 내뿜었고, 나는 그 옆에 서서 말의 코를 두드리며 무서워하지 말라고 말했다. 하지만 정작 나는 무서웠다.

나는 아빠가 사라진 정면 계단으로 달려 올라가 아빠가 한 것처럼 초인종 끈을 당길까 생각해 보았다. 누군가 나와서 나를 아빠가 있는 곳으로 들여보내 주도록 말이다. 하지만 안에서는 계속 비명 소리가 들렸고, 나는 비명 소리와 더 이상 가까워지고 싶지 않았다. 나는 어찌할 바를 모르고, 계속 습관처럼 발을 구르며 말들 옆에 서 있었다.

드디어 문이 열리고 아빠가 내게로 돌아왔다. 이제 모든 것이 다시 조용해졌다. 아빠는 늘 그랬던 것처럼 진료 가방을 들고 있었고, 내가 발을 구르고 있는 것을 보더니 웃음지으며 내가 의사의 지시를 잘 따르는 착한 환자라고 말했다.

"소리를 들었어요, 아빠."

끔찍한 글이 새겨진 돌기둥과 철문을 지나 밖으로 나와 안전하게 달리게 되었을 때, 내가 말했다.

"소리?"

"누군가 소리를 질렀어요. 벽에서 바로 소리가 들렸어요."

"그래. 여자 소리였지. 그 소리가 밖에서도 들릴 거라고는 생각 못했는데. 미안하구나, 캐티. 무서웠나 보구나. 가끔 어사일럼 환자들은 비명을 지르고 싶은 충동을 느끼지. 왜 그런지는 나도 몰라."

"누가 괴롭히나요?"

"아니, 아니야. 다들 잘 보살피고 있어. 환자들은 머릿속이 괴로운 것 같아."

"아빠가 고쳐 줄 수는 없어요? 그래서 아빠가 여기 오는 거 아니에요?"

아빠가 머리를 흔들었다.

"환자 중 하나가 복통이 심해서 나를 부른 거야. 난 배가 아픈 건 고칠 수 있어, 캐티. 네가 배가 아프면 아빠가 늘 고쳐 줬잖아. 그렇지?"

나는 고개를 끄덕였다.

"그러면 다른 건 고칠 수 없어요? 머리 안쪽에 있는 부분 말이에요. 소리를 지르는 부분이요."

"그래, 고칠 수 없단다."

"저 사람들 모두 소리를 질러요?"

아빠는 한 손에 고삐를 쥐고, 다른 한 팔로 나를 감쌌다.

"있잖아, 캐티. 지금 어사일럼에는 환자가 백 명 하고도 스물두 명이 더 있거든. 그 환자들 모두가 비명을 지르면, 그 소리가 오차드 거리까지 들릴 거야. 우리 집 지붕도 날려 버릴지 모르지."

아빠가 나를 웃게 하려고 애쓰고 있다는 것을 느낄 수 있었다. 하지만 난 웃지 않았다.

"어떤 환자들은 한 마디도 하지 못해. 조용한 환자들은 움직이지도 않지. 그들은 같은 자세로 앉아 허공을 바라봐. 어떤 환자들은 몇 년을 그러고 있기도 해. 또 어떤 환자들은 앞뒤로, 앞뒤로 걸어. 누구는 혼자서 춤을 추지. 어떤 환자는 노래를 하고. 또 누구는 이야기를 해."

"그러지 않으면 소리를 지르고요?"

"그러지 않으면 가끔 소리를 지르지."

"약을 주면 안 되나요?"

아빠는 한숨을 쉬었다.

"신기한 거 가르쳐 줄까, 캐티? 가끔 그 환자들은 열이 높아지면 상태가 좋아지기도 해. 그래서 어떤 의사들은 환자들의 체온을 높여 줄 방법을 찾으려고 애쓰지. 말라리아나 폐렴에 걸렸을 때처럼 말이야. 그래서 의사들이 환자들에게 유황이나 기름을 줘 보기도 했지. 하지만 내 생각엔 그건 아주 위험한 방법이야. 다른 방법이 틀림없이 있을 거야."

내가 마치 다 자란 어른이라도 되는 것처럼 아빠가 내게 이야기하고 있다는 것을 깨달았다.

"내가 그 방법을 찾아볼게요. 난 그 사람들을 고치고 싶어요."

"누군가는 할 거야. 언젠간. 내가 아닐 수는 있지만, 누군가는 하겠지."

아빠가 말했다.

아빠가 고삐를 흔들며 말을 달렸다. 어사일럼은 우리 뒤로 점점 더 작아지고 있었다. 난 그 비명 소리의 기억을 덮어 버리기 위해 다른 소리를 생각했다. 슈우우다, 슈우우다, 슈우우다 소리가 생각났다. 나는 장갑 낀 손으로 코트를 문지르며 제이콥을 생각했다.

∘1911년
4월

할머니가 신시내티에서 기차를 타고 왔다. 할머니는 매년 여름 다니러 왔지만, 이번엔 평소보다 좀 일렀다. 아기 때문에 4월에 온 것이다.

나는 페기를 도와 할머니가 올 때마다 쓰는 분홍색 꽃무늬 벽지의 빈방을 청소했다. 우리는 새로 풀을 먹이고 다림질을 한 화장대 보를 화장대 위에 깔고, 엄마가 늘 서랍에 정리해 두는 은으로 된 브러시와 빗 세트를 꺼내 두었다.

미스 애보트가 할머니 침대에 깔 담요에 파란색 새틴 실로 새로 바느질도 해 두었다. 나는 페기가 담요 위에 코바늘 뜨개질로 만든 덧이불을 까는 걸 지켜보았다. 그리고 우리는 좋은 향기가 나게 하려고 솔잎으로 채운 작은 베개를 그 위에 두었다.

커튼도 새로 세탁해서 풀을 먹이고 다림질을 했다. 나오미는 오렌지 케이크를 만들었고, 그 냄새가 온 집 안에 가득했다. 정문 손잡이도 반들반들 닦았다. 모든 것이 새롭고 반짝이는 것 같았다. 이 모든 게 할머니가 아주 오랜만에 집에 오시기 때문이기도 했지만, 또한 아기 때문이기도 하다는 것을 나는 알고 있었다. 곧 아기가 태어나는 것이다.

나는 아빠와 함께 마차를 타고 할머니를 마중하러 기차역으로 갔다. 모자를 쓰고 장갑을 낀 할머니는 차장이 손을 잡아 주는 대로 계단을 내려오고 있었다. 할머니는 여행하는 동안 도와준 사람들에게 일일이 팁을 나누어 주었다. 짐꾼이 아빠를 도와 할머니의 가방을 마차로 옮겼고, 나는 할머니의 손을 잡고 옆에서 깡충깡충 뛰었다. 차장은 할머니를 향해 모자를 살짝 들어올리며 가족들과 함께 좋은 시간을 보내길 바란다는 말을 했다.

할머니는 내가 많이 자랐다고 말했다.

기차는 기적을 울리며 역에서 천천히 움직이기 시작해(우리 동네는 작은 동네였기 때문에 기차는 아주 잠깐 머물렀다) 다시 필라델피아로 출발했다. 나는 객실 차창 속 얼굴들을 바라보았다. 그들은 할머니가 자기 물건들을 가지고 기차에서 내리는 것을 흥미롭게 보다가, 이제 각자의 목적지와 각자의 앞에 놓인 가족과 일과 휴가에 관해 생각하는 것 같았다.

"저기 새로 칠을 했구나, 그렇지, 캐티?"

할머니가 모퉁이에 있는 집을 가리키며 물었다.

"지난번 왔을 때는 회색이었던 것 같은데. 이제 봐. 반짝이는 하얀색이구나. 떠나 있으면 그렇게 모든 것들이 변하지."

나는 고개를 끄덕이고 나서 할머니에게 말했다.

"할머니, 스카일러 제분소에 끔찍한 불이 났었어요. 사람들이 불에 탔지만, 아무도 죽지는 않았어요. 아빠가 치료해 줬거든요."

"하나님이 돌보셨구나."

할머니가 말했다.

"어쩌면요. 하지만 할머니, 콜로이드 은이요. 그게 의사들이 사용한 거예요. 그리고 타닌산도요."

아빠가 채찍으로 가볍게 말을 치며 웃는 게 보였다.

"캐티는 크면 의사가 될 거라고 하는데요."

아빠가 할머니에게 말했다.

"이거 놀랐는걸."

할머니가 말했다. 하지만 웃고 있었다.

집에 도착하자 할머니는 "캐롤린, 캐롤린."이라고 부르며 엄마를 끌어안았다. 엄마가 너무 크고 뱃속에는 아기가 있었기 때문에, 할머니는 조심해서 엄마를 안았다.

"이제 얼마 남지 않았구나, 그렇지?"

할머니가 회색 머리에 모자를 단단히 고정시키고 있던 모자핀을 조심스레 빼자, 아빠가 모자와 외투를 받아들었다. 페기가 부끄러운 얼굴로 부엌에서 나왔고, 우리는 할머니에게 페기를 소개했다.

할머니는 선물을 가지고 왔다. 할머니가 직접 수놓은 사랑스러운 아기 옷과 내게 줄 책, 『엘시 딘스모어』였다. 나는 그 책을 도서관에서 이미 읽었지만, 할머니에게 말하지 않았다. 사실 엘시라는 아이가 그다지 좋지는 않았지만, 내 책으로 갖는 것도 좋을 것 같았다. 엘시는 너무 착하기만 하고 용기는 없는 것 같았다. 페기와 그 책을 함께 읽었는데, 페기도 나와 같은 생각이었다.

할머니는 엄마 동생인 제임스 삼촌과 엘리너 숙모, 신시내티에 사는 사촌들의 안부 인사를 전해 주었다. 할머니는 제임스 삼촌의 집에서 살았다. 할머니는 좋은 것만 말하려고 조심했지만, 할머니가 엘리너 숙모를 좋아하지 않는다는 것을 알 수 있었다. 얼마나 집을 잘 꾸려 가는지, 그리고 얼마나 사회에 공헌하는 여성인지 엘리너 숙모 이야기를 하는 할머니의 목소리에는 항상 미묘한 어조가 담겨 있었다.

제임스 삼촌이 아기였고 엄마가 세 살밖에 안 되었을 때, 할아버지가 세상을 떠났다. 어느 날 아침 병이 나 해질녘에 세상을 떠났는데 할 수 있는 게 아무것도 없었다고 할머니는 말했다. 그 때문에 할머니는 늘 애도의 뜻으로 목에 검은 리본을 하고 있었다. 할아버지는 스물일곱 살 때 세상을 떠났는데도, 우리가 가지고 있는 사진의 할아버지는 소년으로밖에 보이지 않았다. 나는 가끔 궁금했다. 만약 할머니와 할머니가 아직도 슬퍼하고 있는 할아버지가 천국에서 만나게 된다면, 할아버지는 아직도 그렇게 젊은 소년의 모습이고 할머니는 애도의 리본을 목에 걸고 핀으로 깃털 모자를 고정시킨 회색 머리의 할머니일까? 만약 그렇다면 두 사람은 서로 할 이야기가 정말 없을 것 같다는 생각을 했다.

나는 할머니를 사랑했다. 할머니는 내가 어른인 것처럼 나를 대했는데, 이전에 우리 집에 왔을 때는 가방에 항상 가지고 다니는 카드로 카드 게임을 가르쳐 주었다. (나오미는 좋지 않게 생각했다. 나오미가 다니는 교회에서는 카드 게임이 악마의 놀이라고 생각했기 때문이다.) 할머니는 거실 창가에 놓인 테이블 위에 카드를 한 장씩 내려놓으면서 혼자 '페이션스(*혼자서 하는 카드의 일종)'라고 하는 게임을 했다.

할머니가 쉬려고 위층으로 올라갈 때, 나는 할머니 뒤를 따라갔다. 그리고 아기 옷을 준비해 둔 아기 방으로 할머니를 데리고 갔다. 방 안 흔들의자 팔걸이에는 엄마가 뜨개질한 분홍색과 하얀색이 섞인 담요가 개어져 있었다.

"엄마 아빠는 상관없다고 했지만 전 남동생이었으면 좋겠어요."

내가 할머니에게 털어놓았다.

할머니는 고개를 끄덕이며 말했다.

"어느 쪽이든 좋아. 제임스가 태어났을 때 딸 뒤에 아들을 낳아서 기뻐했던 게 기억나는구나. 하지만 대부분 건강하고 튼튼한 아기이기를 바라지."

"그리고 표시가 없는 아기면 좋겠지요."

내가 덧붙였다.

"야채 가게 아이의 얼굴엔 표시가 있는데요. 그 애 엄마가 뭔
가 섬뜩한 것 때문에 놀라서 손을 이렇게 했거든요."

나는 손을 턱에 대고는 할머니에게 보여 주었다.

할머니는 혀 차는 소리를 냈다.

"네 엄마는 조심했을 거다. 아기도 아무 탈 없이 건강할 거고.
대체 누가 그 야채 가게 아이 이야기를 해 준 거지? 네 아빠는
분명 아닐 거고."

"페기가 그랬어요."

할머니가 웃음지었다.

"페기는 시골에서 온 아이니까. 어쨌든 네 엄마에게는 큰 도
움이 되는 것 같더구나."

"맞아요. 페기가 얼마나 열심히 일하는데요. 그리고 그거 아
세요? 바로 옆집엔 페기의 언니가 살아요. 제 친구 오스틴 비숍
기억하세요? 로라 페이즐리라는 작은 여동생이 있는 아이요. 페
기의 언니 넬이 비숍 씨네 가정부거든요."

"두 자매가 나란히 살고 있다니. 정말 좋구나. 넬도 페기처럼
생겼니? 짙은 갈색 머리고?"

할머니는 몸을 굽혀 거울을 보며 머리를 단정히 다듬었다.

"아니에요. 넬 머리는 환한 붉은색이에요. 그리고 좀더……."

나는 넬을 설명할 마땅한 단어를 생각해 보았다. 두 뺨에 넘치는 분홍빛, 흐트러진 불꽃 같은 머리카락, 과하게 넣은 옷 주름.

"좀더 매혹적이에요."

난 결국 그렇게 말했다.

페기의 언니 이야기를 하는 동안 갑자기 비숍 씨 헛간에서 본 불편한 광경이 떠올랐다. 나는 그 생각을 마음속에서 억지로 밀어 냈다. 그리고 할머니 손을 잡고 저녁식사가 기다리고 있고, 가족들의 따뜻함이 있는 아래층으로 다시 내려왔다.

토요일 오후에 오스틴이 놀러 왔고, 페기가 우리에게 과자를 주었다. 우리는 할머니 옆에 서서 할머니가 카드 놀이를 하는 걸 지켜보았다. 할머니는 게임을 어떻게 하는지 우리에게 보여 주려 했지만 오스틴은 지루해했고, 결국 우리는 잠시 후에 밖으로 나왔다.

오스틴은 나와 같은 반이었지만, 학교 운동장에서는 남자이기 때문에 남자애들하고만 놀았고 나는 여자애들하고만 놀았다. 그리고 쉬는 시간 동안 절대 서로를 쳐다보지 않았다. 하지만 집이나 오차드 거리에서 우리는 가끔 함께 만들어 낸 놀이를 했다. 우리는 그 놀이를 '큰일 났다 놀이'라고 불렀는데, 여러 형식이 있었다.

이른 4월의 오후, 우리는 샌프란시스코 대지진을 소재로 놀았다. "큰일 났다!"라고 함께 외치고는 의자가 바닥에 넘어질 때까지 베란다 가구들을 흔들었다. 우리는 "흔들린다!"라고 계속 소리를 질렀고, 결국 엄마가 문을 열고 나와 조용히 하라고 말했다.

그래서 우리는 대신 난파선 놀이를 했다. 베란다 의자에 조용히 앉아서 바다의 아름다움에 대해 이야기하다가, 배가 뒤집히면서 마지막 몇 마디를 남기고 조용히 물에 빠지는 것이다. "큰일 났다!"라고 말하는데, 숨이 막혔다. 몇 발자국 떨어진 곳에서 자던 페퍼가 일어나더니, 우리에게 다가와 킁킁거리며 냄새를 맡았다.

물에 빠지는 놀이를 두 번이나 해서 별로 재미가 없었던 우리는 구명보트로 구조되기로 했다. 몇 해 전 난터켓 섬(*미국 매사추세츠 주 앞바다에 있는 섬)에서 라치몬트라는 정기선이 다른 배와 충돌한 난파 사고가 있었다. 보물이 실려있었다고도 이야기되는 배는 영원히 사라졌지만 사람들은 구명보트로 구조되었다.

우리는 비숍 씨 헛간에서 판자 몇 개를 찾아 우리 앞마당으로 끌고 와서는 베란다 난간 아래에 정리했다. 우리는 꽃망울을 맺고 있는 진달래를 망치지 않으려고 조심했다. 진달래가 망가지면 엄마가 화를 낼 거라는 사실을 알고 있었던 것이다.

우리는 다시 게임을 시작했다. 우리는 나란히 정리해 놓은 베란다 의자에 적당히 앉아 배의 갑판에 있다고 상상했다.

"안녕하세요? 정말 날씨가 아름답군요."

나는 상상의 찻잔을 손가락으로 쥐고는 오스틴에게 말했다.

"네. 안녕하세요. 제 이름은 라치몬트입니다."

오스틴이 대답했다.

나는 오스틴의 의자를 차며 속삭였다.

"말도 안 돼. 그건 배 이름이잖아."

오스틴은 상상의 담배를 한 모금 훅 불었다.

"내 이름을 따서 이 배 이름을 지었거든요."

오스틴은 큰 목소리로 설명했다.

나는 차를 홀짝이며 대답했다.

"아, 멋지군요. 바다가 정말 멋지지 않아요? 정말 아름다운 바다예요."

"정말 그래요. 그런데 다른 배가 위험하게 가까이 다가오는 게 보이네요."

오스틴이 말했다.

"우리 배와 부딪히지 말아야 할 텐데요."

"절대 그렇지 않을 거예요. 춤을 출까요? 아니면 산책을 할까요?"

오스틴이 물었다.

"산책을 하죠."

내가 말했다.

오스틴은 내 팔을 잡았고 우리는 베란다를 천천히 걸었다. 오스틴은 담배를 더 불었다.

"저기 온다! 부딪힌다!"

내가 소리쳤다.

"구명보트로!"

오스틴이 소리쳤고, 우리는 허둥지둥 베란다 난간으로 갔다.

"큰일 났다!"

우리는 함께 소리쳤다. 우리는 난간을 기어올라가 손을 들고 판자로 뛰어내렸다.

"내 생각엔 이 배는 여자들과 아이들만 탈 수 있는 거 같은데."

마당으로 떠내려온 다음 내가 말했다.

그러자 오스틴이 용감하게 말했다.

"여자들과 아이를 위해 내가 자리를 만들지요."

오스틴은 바다로 뛰어들어가 물에 빠져 죽을 준비를 했다.

"잠깐만!"

나는 구명보트에서 뛰어내린 다음 근처에 있던 개나리 덤불에서 가지 하나를 흔들었다. 몇 개 남은 노란 꽃망울이 바닥으로 흩어졌다.

"바다 속으로 빠지고 있는 보물이야."

나는 그렇게 알려 주고 내 보트로 돌아갔다.

"난 금에 둘러싸여 빠져 죽는다!"

오스틴이 영웅처럼 소리쳤다. 그리고 또 말했다.

"상어한테도 둘러싸였어."

오스틴은 마지막으로 그 말을 하고는 쿵 하고 쓰러지더니 죽은 듯 가만히 있었다.

나는 구명보트 판자 조각에 내 스타킹이 찢기고 다리에 상처가 난 걸 알았다. 하지만 나는 용감하게 내 상처를 무시하고 작은 작대기를 주워서 노로 사용했다. 오스틴이 머리에 황금빛 개나리꽃을 얹고 두 눈을 뜬 채 옆에 떠 있는 동안, 나는 안전한 곳으로 가기 위해 우리 집 마당의 땅을 찌르며 노를 저었다. 페퍼가 다시 머리를 들고는 궁금하다는 듯 베란다 계단을 어슬렁거리며 내려오더니, 무슨 일인가 싶어 우리를 향해 코를 쿵쿵댔다.

"구명보트에 개는 안 돼."

죽어서 바다에 떠 있던 오스틴이 알려 줬다. 나는 페퍼를 멀리 밀어 내고, 나 혼자 떠 있었다.

○1911년
4월

"캐티, 일어나!"

페기가 내 어깨를 흔들었다. 나는 눈을 떴다. 일요일 이른 아침이었다.

"놀랄 일이 있어! 어서 옷 입어."

내가 일어나 앉아 하품을 하는 동안 페기가 말했다.

"교회 가려고? 너무 이르잖아."

"아니, 교회가 아니야."

페기는 서랍에서 내 속옷을 꺼내고 있었다.

"아기! 아기가 태어났어?"

"아니…… 그렇게 생각한 이유가 뭐야? 자, 일어서. 잠옷 벗는 거 도와 줄게."

"밤에 무슨 소리를 들은 것 같아."

나는 기억해 보려 애썼지만, 이미 기억은 흐릿한 상태였다.

"아빠가 베란다에서 걷고 있는 것 같았어. 엄마 목소리도 들렸고."

"꿈꾼 게 틀림없어."

페기 말이 맞았다. 그것은 꿈처럼 아련했고, 보통 꿈이 그런 것처럼 이미 내 기억 속에서 사라지고 있었다.

"창 밖을 봐. 레비가 말을 매고 있지. 아빠가 레비를 오라고 불렀거든."

아래를 내려봤더니 정말이었다. 마차가 집 옆 도로에서 기다리고 있었고, 레비가 고삐를 쥐고 그곳에 있었다. 제드와 달리아는 느긋하게 서 있었다. 이웃집들은 조용했고 해가 막 떠오르고 있었다. 분홍빛이었다.

"우리 어디 가? 오늘은 일요일인데. 나 주일학교 가야 해. 이웃이 아니잖아."

페기는 놀 때 입는 낡은 옷의 단추를 채우고 있었다. 색이 바래고 천을 덧댄 옷이라 학교에도 입고 가지 않는 옷이었다. 그러고는 큰 앞치마를 들더니 내 팔을 끼웠다.

"이건 놀 때 입는 옷이야, 페기."

"우리 둘은 오늘 휴가야."

페기는 그렇게 말하고 능숙하게 내 머리를 빗겼다.

"이제 욕실에 가서 양치질하고 세수해. 조용히 해. 엄마를 깨

우면 안 돼."

닫힌 문 뒤로 엄마 아빠가 방에서 움직이는 소리를 들을 수 있을 거라고 생각했지만, 나는 페기 말에 따랐다. 나는 재빨리, 조용히, 그리고 서둘러 계단을 내려갔다. 우리는 아침도 먹지 않았다. 페기는 마차에서 먹을 수 있도록 잼을 바른 토스트를 벌써 바구니에 싸 놓았다. 나는 얼른 우유 한 잔을 마시고 재킷을 입고 출발했다.

바로 스톨츠 농장으로! 페기 가족을 만나러 가는 거라고 페기가 말했다.

페기가 고삐를 잡았다. 놀랍게도 페기는 아빠나 레비만큼이나 말을 잘 다뤘다. 내가 놀라는 것을 보고 페기가 깔깔 웃었다.

"난 농장에서 자란 아이야, 캐티!"

페기가 내게 사실을 일깨워 주었다.

"배고프지 않도록 지금 토스트를 먹어. 우리 엄마가 아침을 주시겠지만 한참 걸릴 거야."

"왜 넬은 데리고 가지 않아? 넬도 갈 수 있을 텐데. 오스틴도."

"우리 둘만 갈 거야. 언니는 농장을 좋아하지 않아. 자기가 농장에 있기엔 너무 화려하다고 생각해. 오스틴? 오스틴은 아직도 자고 있어. 오늘은 우리 둘만이야, 캐티."

우리는 벌써 비숍 씨 집을 지나 조용한 우리 동네를 달리고 있었다. 그리고 시내 밖으로 향하는 큰 길을 달렸다. 너무 이른 시간이라 거리에는 아무도 없었다.

"토스트 좀 먹을래?"

나는 블랙베리 잼을 바른 토스트 반 조각을 페기에게 건넸다.

페기는 토스트를 받아서 조금 물어뜯었다.

"언니는 집에 절대 안 가. 그것 때문에 엄마가 화가 났지."

"절대? 하지만 쉬는 날이 있잖아. 가정부들은 다 쉬는 날이 있어!"

페기는 어깨를 으쓱했다.

"다른 일을 찾지. 넬 언니가 영화 보러 다니는 거 알잖아."

"그러지 말고 넬도 도서관에 가야 해."

내가 큰 소리로 말했지만, 페기는 그 생각을 비웃었다.

"진짜야. 넬이 도서관에 간 적은 없지만 좋아할지도 몰라. 우리랑 가면 되잖아. 도서관에서 돌아오는 길에 코코런스 가게에 들러서 빨대로 진저비어(*생강 맛이 강한 청량음료)도 마시고."

나는 빨대로 음료수 마시는 것을 좋아했다. 그리고 코코런스 가게는 비스킷도 함께 나왔다. 도서관에서 나와 그곳에 가는 것은 아주 즐거운 일이었다.

페기는 말들이 발을 높이 들도록 소리를 냈다.

"언니는 책 읽는 걸 좋아하지 않아. 학교에서도 책을 안 읽었어."

"페기 언니인 넬은 책 읽는 걸 좋아하지 않고, 동생인 제이콥은 못 읽고. 이상하지 않아?"

페기는 웃으며 내 말이 옳다고 했다.

"제이콥이 집에 있을까?"

내가 물었다.

"그럴 거야."

페기는 아직도 지평선 부근에 낮게 떠 있는 해를 한번 힐끗 보았다.

"지금은 아빠가 소젖 짜는 걸 돕고 있을 거야. 우리가 도착할 때쯤이면 우유는 안에 들어와 있을 거고, 따뜻한 우유를 오트밀에 부어 먹을 수 있겠다. 벌집에서 모은 꿀도 넣고."

그 생각을 하니 차가운 토스트가 맛없게 느껴졌다. 그래서 새나 다람쥐가 먹으라고 토스트 조각을 길가로 던졌다.

"우리가 가는지 가족들이 알고 있어?"

"응, 전화했어."

"나를 데리고 가도 싫어하지 않으실까?"

"전혀 아니야. 네가 착한 아이인 걸 알면 딸을 삼으려고 할지도 몰라."

페기가 대답했다.

나는 그 말이 조금 무서워 재빨리 페기를 쳐다봤다. 하지만 페기가 날 놀린 거라는 사실을 알고 함께 웃었다.

스톨츠 농가에 들어간 것은 처음이었다. 페기의 엄마는 나를 따뜻하게 맞아 주었고, 내 재킷을 벽에 있는 못에 걸어 주었다.

"배고프지?"

페기 엄마는 꽃무늬 테이블보가 덮인 나무 식탁이 있는 부엌으로 나를 데리고 갔다. 장작 난로는 뜨거웠고, 그 위에서 주전자가 부글부글 끓고 있었다. 내 기억에 이름이 안나라고 했던 꼬마 여자애가 높은 나무 의자에 앉아 숟가락으로 식탁을 두들기고 있었다. 안나는 나를 보며 웃더니, 부끄러운 듯 눈을 깔았다.

뒷문이 갑자기 쿵 열리더니 스톨츠 씨가 들어왔고, 그 뒤로 제이콥이 따라 들어왔다. 두 사람에게서는 건초나 소 같은 헛간 냄새가 났다. 페기의 아빠는 양동이를 난로 옆 선반에 올려 두었다. 그리고 나를 향해 고개를 까딱하며 말했다.

"아가씨군."

그러고는 개수대에 손잡이로 물을 퍼 올려 손을 씻었다.

"너도 씻어라."

페기의 아빠가 말하자, 제이콥도 손을 씻었다.

제이콥이 나를 쳐다보거나 고개를 끄덕이거나 웃거나 하지 않는 것을 보고 나는 놀랐다. 나는 우리가 좀 이상하지만 특별한 방식으로 친구가 됐다고 생각했다. 나는 마구간에서 여러 번 제이콥과 나란히 서서 말의 커다란 머리를 쓰다듬었다. 물론 우리가 이야기를 나눈 적은 없었다. 또 제이콥이 말하는 것을 들은 적도 없었다. 하지만 우리는 함께 소리를 만들었다. 나는 그것이 마구간에서 우리가 함께 노래를 부른 특별한 방식이라고 생각했다. 그리고 가끔 제이콥이 내가 모르는 어딘가로 정처 없이 갈 때면, 우리 집 뒤에 있는 골목길을 제이콥과 제이콥의 개 옆에서 함께 걷기도 했다.

하지만 제이콥은 나를 쳐다보지 않았다.

우리는 식탁 둘레로 쭉 놓인 튼튼하게 생긴 나무 의자에 앉았다.

"모자."

스톨츠 씨가 아들을 의미심장하게 바라보며 말했다. 제이콥은 얼굴을 한쪽으로 돌리고 못 들은 체했다.

"모자 벗으라니까, 녀석아."

반복하는 스톨츠 씨의 어조는 단호했다. 제이콥은 마지못해 머리에서 모자를 잡아챘다. 빗질도 하지 않은 곱슬머리가 드러났다. 제이콥은 무릎 위에서 모자를 구겼다.

페기의 아빠가 감사 기도를 하는 동안 우리는 고개를 숙였다. 꼬마 안나도 고개를 숙였다. 하지만 나는 안나가 몰래 엿보는 것을 보았다.

스톨츠 부인이 페기가 말한 대로 오트밀과 꿀을 내왔다. 이제 갓 짜서 따뜻한 크림은 진하고 풍부했다.

"네가 우유를 짠 거니, 제이콥?"

나는 쑥스러워하며 제이콥에게 물었다.

"그럼. 제이크가 우유를 짰지."

스톨츠 씨가 말했다.

놀랍게도 제이콥이 리듬이 있는 소리를 만들기 시작했다. 이번엔 맷돌의 슈우우다, 슈우우다, 슈우우다도 아니고 말들의 노래도 아니었다. 슉, 슉 소리를 반복했다. 안나가 킥킥 웃었다.

"됐다."

스톨츠 씨가 엄한 목소리로 말했다. 그리고 내게 설명해 주었다.

"양동이에 우유 짜는 소릴 거다."

아침 식사가 끝나자 페기는 엄마가 설거지하는 것을 도왔다. 내가 하겠다고 하자 두 사람이 못하게 말렸다. 대신 나는 식탁에서 안나와 함께 놀았다. 내가 냅킨을 접고 말아서 인형을 만들었고, 우리는 그 인형들을 걷게 하고 허리를 굽히거나 무릎을 굽혀 인사시켰다. 꼬마가 그걸 보고 소리내어 웃었다.

잠시 후 안나는 의자에서 기어 내려오더니 다른 방으로 달려갔다. 그러고는 자기 인형을 가지고 와 나에게 보여 주었다. 누더기 천을 기워 만든 것이었는데, 뜨개실로 만든 머리에 단추 두 개를 붙여 눈을 만들었다. 그 인형이 얼마나 사랑받고 있는지 알 수 있었다. 너무 많이 안아서 곳곳이 닳고 너덜너덜했다. 나에게 보여 주면서 안나는 아기들이 졸릴 때 하듯 엄지손가락을 입에 넣고 인형을 어루만지기 시작했다. 그러고는 다시 킥킥대더니 인형을 아빠의 의자로 치웠다.

스톨츠 씨와 모자를 푹 눌러 쓴 제이콥은 다시 밖으로 나갔다.

"너희 말에 물을 줘야겠다."

스톨츠 씨가 말했을 때, 나는 제이콥이 제드와 달리아를 돌보게 될 거라는 생각에 기뻤다. 제드와 달리아는 이제 제이콥을 잘 알고 있었다.

페기가 작은 집 여기저기를 구경시켜 주었다. 딱딱한 의자와 낡은 양탄자가 있는 거실. 오차드 거리에 있는 우리 집에서는 가족들이 매일 밤 거실에서 지냈다. 앉아서 책을 읽기도 하고, 어떨 때는 엄마가 피아노를 치기도 했다. 할머니는 거실에서 페이션스 게임을 했고, 추운 밤 벽난로에서는 탁탁 소리를 내며 불이 타올랐다. 하지만 이곳 거실은 추웠고, 사용하지 않는 것 같았다. 스톨츠 씨 집에서 온기를 느낄 수 있는 곳은 부엌이었다.

제이콥은 부엌 뒤 작은 방에서 잤고, 위층에는 추운 방 두 개가 있었다. 하나는 페기와 넬이 함께 쓰던 방이었는데, 지금은 안나가 쓰고 있었다. 다른 하나는 부모님의 방이었다. 내가 떨자 페기가 소리내어 웃었다.

"지금은 봄이야. 겨울엔 정말 추워. 하지만 이것 봐. 이불들을 털로 채워 놓았어. 충분히 따뜻해."

나는 털로 채워 놓은 포근한 이불을 만져 보았다. 방은 어두웠고 벽에는 아무런 장식도 없었으며, 바닥은 여기저기 부서져 있었다. 양탄자도 없고, 꽃무늬 벽지도 없고, 은으로 된 브러시와 빗도 없었다.

"화장실은 어디야?"

내가 속삭이며 물었다.

페기는 창문 밖으로 집 뒤에 있는 옥외 변소를 가리켰다.

우리가 밖으로 나가려고 부엌을 지나는데, 페기의 엄마가 불렀다.

"페기, 플로이드 리먼이 네가 언제 집에 오는지 묻더라. 내가 플로이드에게 말해 줄까? 이제 포스터 씨 집에 전화가 있어서 전화하면 플로이드를 바꿔 줄 거야."

페기가 얼굴을 붉히며 괜찮다고 말했다. 나는 페기에게 애인이 있다는 사실을 처음 알았다.

밖으로 나가니 봄 공기가 이른 아침보다 훨씬 따뜻해져 있었다. 새들이 노래하고 꽃들이 분홍색과 하얀색으로 움트기 시작했다. 다람쥐가 돌담을 지나 달려가더니, 꼬리를 감추며 틈새로 사라졌다. 시냇가를 보려고 페기와 함께 걸어가는데, 안나가 종종걸음으로 쫓아왔다.

물은 깊었다. 물살은 빠르게 흘러 바위 주위에서 소용돌이치며 거품을 일으켰다. 안나가 궁금해하며 앞으로 몸을 기울이자 페기가 동생의 손을 꼭 잡았다. 우리는 조약돌을 던지며, 물결 위에 생기는 동그라미를 지켜봤다. 그때 낯익은 개가 나타났다. 하얀 얼굴을 한 갈색 개가 근처 풀숲에서 우리 쪽으로 달려나왔다.

페기가 그 개를 쓰다듬으며 말했다.

"제이콥의 개야."

하지만 난 벌써 알고 있었다. 그 하얀 얼굴의 개는 제이콥이 마구간에 있을 때 귀를 팔락이며 마구간 옆에 앉아 있었고, 제이콥이 떠나면 그 뒤를 따라갔다.

"강아지였을 때부터 제이콥이 길렀어. 녀석의 엄마가 새끼들을 낳다가 죽었고, 이 녀석 빼고 다른 강아지들도 다 죽었지. 우리는 한동안 그 사실을 알지도 못했어. 제이콥이 이 녀석을 헛간에 숨겨 두고 소젖을 먹였는데, 천을 우유에 적셔서 녀석이 빨아 먹을 수 있도록 한 거야. 아빠 말로는 강아지를 살리기 위해서 제이콥이 하루에 열 번은 그렇게 해야 했을 거래."

페기가 설명해 주었다.

나는 개를 내려다보았다. 이제 그 개는 안나 옆 풀밭에 앉아 있었다. 꼬리를 흔들며 커다랗고 검은 눈으로 나를 돌아보았다.

"이름이 있어?"

"제이콥은 이름을 붙이지 않아. 우린 그냥 강아지라고 불러."

페기가 킥킥 웃으며 말했다.

"착한 강아지."

안나가 진지하게 말하고는 개 등을 두드려 주었다.

"가서 제이콥을 찾아봐!"

페기가 개에게 말하자, 개는 즉시 일어나 헛간 쪽으로 달려갔다.

우리도 따라갔다.

"동물들을 보여 줄게."

페기가 말했다.

"양이다!"

안나가 소리치며 앞으로 달려갔다.

"새로 태어난 양들이야. 양들은 늘 겨울 끝자락에 태어나지. 그리고 송아지도 한 마리 있어."

나는 페기를 따라 헛간의 서늘한 어둠 속으로 들어갔다. 잠깐 동안 조용한 것 같더니 이내 동물들이 꿈틀거리는 소리가 들리기 시작했다. 발을 움직이면서 쿵 하는 소리, 꼬리를 휙 움직이는 소리, 살아 있는 생명들의 깊은 숨 소리 등이었다. 갑자기 옆에서 코를 쿵쿵대며 으르렁거리는 소리가 나서 나는 깜짝 놀랐다. 내가 놀라서 뛰어들자 페기가 소리내어 웃었다. 페기가 헛간 문 근처에 울타리를 쳐 둔 곳을 가리켜서 보았더니, 그 안에는 얼굴에 수염이 난 커다란 돼지가 있었다.

다른 울타리 안에는 어린 양들이 뚱뚱하고 조용한 엄마 양 옆에 조용히 서 있었다.

엄마양 한 마리에 아기양 두 마리였다. 나는 양들을 가리키며 페기에게 속삭였다.

"쌍둥이구나."

하지만 페기는 고개를 흔들며 말했다.

"가끔 쌍둥이를 낳기도 하지만 이 녀석들은 아니야. 저 작은 녀석? 저 녀석의 엄마가 녀석이 태어났을 때 받아들이지 않았어. 종종 있는 일이지. 어미는 그냥 외면하고는·아무것도 하지 않았어. 젖을 주는 어미가 없으면 양은 죽어. 하지만 제이콥이 자기 새끼에게 젖을 줄 수 있게 된 이 어미양에게 녀석을 데리고 왔어. 그러고는 어미를 달래서 다른 녀석과 함께 이 녀석에게도 젖을 주게 한 거지. 그리고 이제는 젖을 주게 되었지. 보이지?"

둘 중 더 작은 새끼양이 머리로 어미양을 밀면서 젖을 찾는 것이 보였다.

"어미가 자기 새끼로 받아들일 때까지 시간이 좀 걸렸기 때문에 녀석이 제대로 자라지 못한 거야. 하지만 이제 잘 자랄 거야."

페기가 설명했다.

수건에 손을 닦으며 나타난 스톨츠 씨가 안나의 손을 잡았다.

"닭 모이를 주러 갈 거다."

스톨츠 씨가 어린 딸에게 말하자, 안나는 아빠와 함께 헛간 앞마당의 반대편에 있는 닭장으로 행복한 얼굴로 걸어갔다.

"제이콥은 저기 위에 있다. 여자애를 기다리고 있더구나."

스톨츠 씨가 페기와 나를 돌아보며 소리쳤다.

여자애? 나를 말하는 게 틀림없었다. 페기의 얼굴이 그 사실을 확인해 주었다. 페기가 나를 보고 웃음지었다.

"기어올라가야 해."

"기어올라갈 수 있어. 오스틴이랑 늘 기어오르는걸. 사과나무 꼭대기에도 올라갈 수 있어."

나는 페기에게 말했다.

페기는 헛간 끝을 가리켰다. 사다리 위쪽에 건초로 둘러싸인 어두운 구멍이 있었다.

"제이콥은 저기 있어."

"왜 날 기다리고 있을까?"

"제이콥이 너한테 줄 게 있을 거야."

페기가 설명해 주었다.

내가 옆을 지나가자, 소들이 서 있던 자리에서 조금씩 움직였다.

"제이콥?"

대답하지 않을 거라는 사실을 알면서도 나는 아래에 서서 제이콥을 불렀다.

"나 캐티야! 올라간다!"

사다리는 비스듬히 놓여 있어서 올라가는 것은 어렵지 않았다. 건초가 내 스타킹에 달라붙어 간지러웠고, 머리에도 건초가 붙은 것 같았다. 그 때문에 재채기가 났다. 나는 한 단 한 단 꼭대기까지 올라가 다락으로 들어갔다. 그곳은 따뜻했고, 묶어 놓은 건초 단이 빽빽이 들어차 있었다. 제이콥은 벽에 있는 구멍 옆에 서 있었다. 봄볕이 제이콥에게로 쏟아지고 있었다. 나를 보진 않았지만, 내가 거기 있다는 것을 제이콥도 알고 있는 것 같았다. 아침을 먹는 동안에도 제이콥은 나를 보지 않았지만, 나는 내 입에 들어가는 모든 오트밀 숟가락을 제이콥이 주시하고 있다는 사실을 알고 있었다. 제이콥은 거기 그렇게 서 있었다.

제이콥은 눈에 익은 모자 아래로 시냇가를 향해 펼쳐져 있는 헛간 뒤 풀밭을 내다보고 있었다.

"페기와 내가 안나와 강아지를 데리고 시냇가에 갔었어. 오늘 날씨 정말 좋아."

내가 말했다.

제이콥은 돌아보지 않았다.

"제드와 달리아에게 물을 먹여 줘서 고마워."

제이콥은 풀밭만 뚫어지게 내려다보았다.

"페기가 목장에 있는 너희 말을 가르쳐 줬어. 이름이 펀치라고 하던데. 말에게 잘 어울리는 이름이야."

주디라고 하는 다른 말이 얼마 전 죽었다고 페기가 말해 주었기 때문에, 나도 마음이 아프다는 것을 표현해야 할 것 같았다. 하지만 딴 곳을 보고 있는 사람에게 그런 마음을 표현하는 것은 어려운 일이었다.

나는 기다린 끝에 말했다.

"네가 나한테 줄 게 있다고 페기가 그러던데."

제이콥은 몸을 앞뒤로 조금씩 흔들었다. 제이콥이 그러는 것을 전에도 본 적이 있었다. 그 동작은 제이콥이 기분이 좋다는 뜻이라는 것을 이제 알고 있었다. 그리고 노래도 흥얼거렸는데, 그것 역시 내게는 더 이상 놀랄 일이 아니었다. 제이콥이 자기 발치의 건초 속을 손으로 가리켰다.

나는 그제야 그것을 보았다. 나는 무릎을 꿇고 건초와 똑같은 색의 작은 새끼고양이를 들어올렸다. 작았지만 갓 태어난 건 아니었다. 짙은 갈색 눈을 크게 뜨고 있었는데, 부드러운 황금색 털을 쓰다듬자 가르랑거리기 시작했다.

제이콥은 즐거운지 몸을 계속 흔들었다.

"아, 제이콥, 고마워! 내가 고양이 갖고 싶어하는 걸 알고 있었구나. 페기가 말했구나."

제이콥은 다시 풀밭을 향해 고개를 돌렸다. 하지만 당혹스러운 흥분으로 얼굴이 빨갛게 달아올라 있었다.

나는 페기가 있는 헛간을 향해 다락에서 소리쳤다.

"페기! 제이콥이 나한테 고양이를 줬어!"

페기가 사다리를 반쯤 올라와서 말했다.

"나도 알아. 고양이를 줘서 제이콥도 기분이 좋아."

그러고는 동생을 부드럽게 불렀다.

"제이콥? 캐티가 너 때문에 행복해졌어."

"고마워, 제이콥."

나는 다시 한번 말했다.

나는 내게 바짝 달라붙어 있던 고양이의 작은 발톱을 내 앞치마에서 떼어 들어올렸다. 그리고 두 손으로 사다리를 잡을 수 있도록 몸을 숙여 페기에게 고양이를 건넸다. 나는 바닥으로 내려온 후 페기에게서 다시 고양이를 받았다. 가르랑거리는 것을 느끼며 고양이를 꼭 안았다.

페기가 고양이를 주의 깊게 바라보며 말했다.

"이 녀석이 가장 예뻐. 그래서 제이콥이 이 녀석을 골랐을 거야. 이름을 지어 줘야 할 거야. 제이크는 이름을 지어 주지 않았지만, 넌 지어 줘."

나는 고개를 끄덕였다.

"하지만 지금은 말고. 곧 적당한 이름이 떠오를 거야."

점심 식사(우리 집에서는 '일요일의 만찬'이라고 불렀다)에는 바삭바삭하게 구운 닭고기와 농장에서 가져온 온갖 야채, 그리고 두툼한 빵이 나왔다. 우리는 같은 식탁에 앉아 기도를 하기 위해 고개를 숙였다. 몰래 무릎을 내려다보니 내 손에서 자고 있는 새끼고양이가 보였다. 페기가 내 앞치마의 귀퉁이를 주머니처럼 만들어 핀을 꽂아 주어서 내 고양이는 오전 내내 그곳에 있었다.

전화벨이 몇 번인가 울렸는데, 그때마다 온 가족이 벌떡벌떡 일어났다. 처음 전화를 장만한 스톨츠 씨 가족은 아직 전화에 익숙하지 않았다. 게다가 전화벨을 세야 했다. 페기가 설명하기로는 스톨츠 가족의 전화벨은 네 번에 두 번이었다. 즉 네 번 길

게 울리고 두 번 짧게 울리면 전화를 받아야 했다.

전화벨이 울릴 때마다 우리는 이야기를 멈추고 전화벨을 세었다.

"한 번에 세 번이야. 저건 포스터 씨 전화야."

스톨츠 부인이 말했다. 그리고 좀더 있다가, "두 번에 두 번이야. 저건 사료 가게 레드베터 씨한테 온 전화야. 일요일에는 레드베터 씨가 거기 없는데."라고 했다.

다 함께 디저트로 크림을 얹은 사과 푸딩을 먹고 있는데, 갑자기 전화벨이 네 번에 두 번 울렸다. 집에서 나는 언제나 예의 바르게 이렇게 전화를 받았다.

"대처 의사 선생님 댁입니다."

하지만 물론 이곳은 스톨츠 씨네 집이었고, 우리 집이 아니었다.

스톨츠 부인이 약간 긴장한 얼굴로 벽에 있는 전화박스에서 수화기를 집어 들었다.

"스톨츠 네입니다."

스톨츠 부인은 전화박스의 송화기에 대고 큰소리로 말했다.

잠시 후 스톨츠 부인이 말했다.

"아, 네, 지금 여기 있어요."

스톨츠 부인이 나를 바라보았다.

"네, 정말 즐거웠는걸요. 네, 그렇게 전할게요."

스톨츠 부인이 수화기를 고리에 걸려고 하다가, 어리둥절한 표정을 지으며 다시 귀에 대고 듣더니 "안녕히 계세요."라고 어설프게 말했다.

스톨츠 부인은 우리를 향해 소리내어 웃으며 말했다.

"이런, 아직 전화기에 익숙하지 않아서."

스톨츠 부인이 자리에 돌아와 앉았다.

"캐티, 네 아버지셨어. 페기가 널 데리고 올 시간이라고 하시는구나."

오차드 거리에 있는 집으로 돌아와 보니 집은 아주 조용했다. 나는 고양이를 부엌으로 데리고 가 작은 그릇에 우유를 부어 주고는, 작은 분홍색 혀로 우유를 핥아먹는 모습을 지켜보았다. 고양이는 다 먹고 재채기를 했다.

페기는 자기 엄마가 싸 준 음식을 정리했다. 그러고는 고양이 집으로 쓸 상자를 구해 주었고, 나는 상자 속에 천 조각들을 넣고 그 위에 고양이를 넣었다. 고양이는 그곳에서 다시 잠이 들었다.

"이제 가서 엄마에게 무슨 일이 있었는지 보자. 그리고 할머니에게도. 위층에 계실 거야."

페기가 말했다.

놀랍게도 엄마는 베개에 기댄 채 침대에 앉아 있었다. 엄마는 웃음을 짓고 있었다. 할머니는 흔들의자에 앉아 수를 놓고 있었는데, 두 사람 사이에 있는 요람에는 아기가 있었다.

"여동생이란다."

보는 것만으로는 알 수 없었기 때문에, 엄마가 대신 말해 주었다. 아기는 머리가 조금밖에 없었고 두 눈을 꼭 감고 있었다. 아기는 담요에 싸여 있었다.

나는 가까이 다가가 손끝으로 코를 건드려 보았지만, 아기는 움직이지 않았다.

"아빠는 어디 있어요? 아빠도 알아요?"

"물론이야. 아기가 태어날 때 아빠도 여기 계셨는걸. 지금은 환자를 진찰하시러 병원에 가셨어. 곧 오실 거야. 오시면 여기 방에서 다 함께 저녁을 먹자. 멋지지 않니?"

"제가 식탁을 차릴게요. 쟁반에 음식을 담아 오면 돼요. 엄마가 아주머니께 야채 수프와 파이를 좀 보내셨어요."

페기가 말했다.

나는 여전히 아기가 어떤지 살피고 있었다. 아기는 놀라울 만큼 분홍색이었다.

"담요를 풀 때 아기를 다 볼 수 있어요?"

내가 물었다.

"그럼."

엄마가 웃으며 말했다.

"이름은 지었어요?"

엄마가 고개를 끄덕이며 말했다.

"메리란다."

바로 그 순간 고양이의 이름을 무엇으로 해야 할지 알게 되었다. 고양이의 이름은 공장에서 죽은 소녀와, 내가 더 이상 특별한 기도를 하지 않아도 된다는 사실과 관련이 있어야 했다.

"메리 골드스타인, 부디 행복해."

나는 마지막으로 내 자신에게 말했다.

새로 태어난 메리는 살아 있었다. 그리고 골드스타인도. 아직도 수염이 우유에 젖은 채 상자에서 자고 있었지만.

○1911년
5월

어느 날 저녁 식사가 끝난 후 나는 연필과 종이를 가지고 식탁에 앉아 있었다. 나오미는 막 떠났고, 페기는 설거지를 끝내려던 참이었다. 엄마는 위층에서 아기에게 젖을 먹이고 있었다. 태어난 지 한 달이 되었지만, 메리는 아직도 매일 여러 번 젖을 먹고 싶어하는 것 같았다. 하지만 엄마는 힘들어하지 않았다. 아기를 안고 흔들의자에 앉아 있는 시간은 아주 편안하고 행복한 시간이라고 했다.

"여기 봐, 페기."

페기가 내가 가리킨 것을 보기 위해 내 어깨 너머로 몸을 기울였다. 나는 이름 두 개를 아래위로 써 두었다.

캐서린 대처(KATHARINE THATCHER)

오스틴 비숍(AUSTIN BISHOP)

"이제 양쪽에서 같은 철자로 쌍을 맞춰서 줄을 그어 지울 거야. 봐, 먼저 A. 오스틴에 A가 있으니까. 두 철자에 모두 선을 그을게. 다음에는 T 두 개."

페기는 내가 같은 철자들끼리 줄을 그어 지우는 것을 지켜봤다.

"이제 남은 철자들 숫자만큼 이렇게 말하는 거야. '사랑, 미움, 우정, 결혼, 사랑, 미움, 우정, 결혼……'"

나는 결과를 살폈다.

"우정! 좋아. 처음에 캐서린 대신에 캐티를 넣었더니, 미움이 나왔거든. 이제 페기 해 줄게. 이름이 뭐였지? 플로이드 리먼? 철자가 어떻게 되는지 말해 줘."

"싫어. 안 할 거야."

하지만 페기는 웃고 있었고, 나는 페기가 하고 싶어한다는 걸 알 수 있었다.

페기 스톨츠(PEGGY STOLTZ)
플로이드 리먼(FLOYD LEHMAN)

"이건 멍청한 짓이야."

페기는 그렇게 말하면서도 내가 맞는 철자를 선을 그어 지우는 것을 도왔다.

"미움?"

페기는 결과를 보고 놀라는 것 같았다.

"네 이름으로 한 것처럼 해야겠다, 캐티. 내 진짜 이름은 마거릿 앤이야."

이번에는 마거릿 앤을 썼더니 더 괜찮은 결과가 나왔고, 그 때문에 페기의 얼굴이 붉어졌다.

"결혼이래."

내가 페기를 놀렸다. 페기는 종이를 구기더니 던져 버렸다.

"이제 넬을 해 보자. 넬 애인이 누군지는 내가 알아."

나는 새 종이에 연필을 갖다 댔다.

"누군데?"

페기는 정말 모른다는 듯한 표정이었다.

"폴 비숍."

내가 장난꾸러기처럼 말했다.

"아니야! 그런 말 하지 마, 캐티."

페기는 정말 충격을 받은 것 같았다.

"정말이야."

내가 본 걸 말해 줘야겠다고 생각했다. 하지만 페기는 정말 곤란한 듯 보였다. 나는 조용히 입을 다물고 종이를 치웠다.

나는 페기의 언니에게 관심을 가진 적이 전혀 없었다. 넬은 언제나 바빴다. 넬은 로라 페이즐리가 태어났을 때 비숍 씨 집으로 일하러 왔다. 집에 아기가 있으면 빨래거리가 정말 많다. 지금 우리 집만 봐도 그렇다. 페기는 메리의 기저귀와 작은 옷들 때문에 매일 바빴다.

오스틴은 넬을 골리려고 "넬리-넬리-젤리-벨리(*'젤리 벨리'는 '배불뚝이'라는 뜻)"라고 불렀고, 넬은 그럴 때마다 오스틴을 손으로 가볍게 쳤지만 크게 신경 쓰지 않는다는 것을 알 수 있었다. 넬은 자신이 예쁘고 몸매가 좋다는 것을 알고 있었다.

넬은 페기처럼 열심히 일했다. 하지만 넬의 태도는 페기와는 달랐는데, 어린 나도 그걸 느낄 수 있었다. 넬은 언제나 가슴속에 뭔가 다른 것을 가지고 있었다. 비숍 씨네 집보다 나은, 오차드 거리보다, 우리 동네보다 더 나은 어떤 것을 생각하고 있었다.

우리 집에서 빨래를 널고 아침 식사 설거지를 하는 페기를 보면, 페기가 언제나 사소한 것들에 감동한다는 것을 알 수 있었다. 꽃무늬 접시, 레이스 장식이 있는 엄마의 블라우스, 머리글자가 새겨진 아빠의 손수건, 모두 페기가 자기 집에서는 가져 보지 못한 것들이었다. 페기는 젖은 베갯잇의 양쪽 귀퉁이를 잡고 탁탁 턴 다음, 빨랫줄에 널고 집게로 집었다. 베갯잇을 쫙 펴 햇볕에 널면서 가끔 수놓은 끝단을 손가락으로 어루만지기도 했는데, 그때 페기는 아주 조심스러웠다. 신경이 쓰여서가 아니라 감탄

해서 나오는 행동 같았다.

언젠가 한 번 설거지를 하면서 페기가 내게 말했다.

"이 작은 크림색 주전자는 언제나 따로 씻어. 가장자리의 금빛 보이니? 다른 것들과 부딪혀서 이가 빠지면 안 되잖아. 이건 너무 예뻐. 너무 소중해."

(나는 엄마에게 페기가 크림색 주전자를 특별히 좋아하니, 크리스마스 선물로 사 주면 안 되냐고 살짝 말했다. 하지만 엄마는 웃으며 페기가 결혼하기 전까지는 크림색 주전자가 필요 없다고 말했다. 우리는 페기에게 크리스마스 선물로 따뜻한 장갑을 선물했다.)

하지만 옆집의 넬은 힘차고 기분 좋게 일하긴 했지만, 아기나 접시나 자수에는 관심이 없었다. 넬은 단지 기회를 엿보고 있을 뿐이었다. 넬은 아껴 두고, 기다리고 있었다. 넬의 마음은 미래에 있었다. 넬은 어떻게든 영화 속 에반젤린 에머슨이 되겠다고 마음먹었다.

넬은 쉬는 목요일에 페기처럼 도서관에 가지 않았다. 넬은 가방을 흔들며 시내로 갔다. 페기가 말해 줬는데, 가끔 넬은 화장을 하고 남자들을 만난다고 했다.

난 페기에게 말했다.

"어쩌면 넬은 결혼식을 하게 될지도 모르겠네. 그럼 신부 들러리가 될 수 있겠다. 보통 여자 형제들이 들러리를 하잖아. 무슨 색 들러리 드레스를 입을 거야? 난 분홍색이면 좋겠는데."

하지만 페기는 머리를 흔들며 말했다.

"결혼식은 하지 않아. 언니는 그냥 남자들을 따라 영화를 보러 가려는 거야."

페기에게는 말하지 않았지만, 나는 넬의 관심사에 약간 충격을 받았다. 5센트 극장은 우리 동네에 새로 생긴 곳이었다. 학교에서 친구들로부터 5센트 극장에 대한 이야기를 듣기는 했지만, 실제로 거기에 갔던 사람은 한 사람도 몰랐다. 엄마는 그곳은 수준이 낮고 조금 위험할지도 모르며, 어린이들은 절대 가면 안 되는 곳이라고 했다. 페기는 자기 언니가 메리 픽포드처럼 보이고 싶어한다고 말했다. 난 그 이름을 들은 적은 있었지만, 어느 날 큰 길에 있는 5센트 극장에서 『병 속의 메시지』라는 영화를 상영하는 것을 보기 전까지는 메리 픽포드가 누군지도 몰랐다. 영화 포스터에는 '미국의 연인, 메리 픽포드 출연'이라고 적혀 있었고, 긴 곱슬머리를 한 예쁜 소녀의 사진이 있었다. 메리 픽포드는 넬과 비슷한 또래인 것 같았다. 내 생각에는 그 나이의 소녀들이라면 지리나 발표하는 법을 배우며 학교에 있어야 할 것 같았다. 영화가 아니라 말이다.

'또 다른 메리처럼 불타는 블라우스 공장에 있어서도 안 돼.'

포스터 속의 예쁜 얼굴을 보면서 나도 모르게 그런 생각을 했다. 그리고 소녀들의 인생에 대해 생각했다. 아빠는 의사가 되는 여자들은 그리 많지 않으며, 의사가 된 여자들도 굉장한 어려움을 겪는다고 전에 말해 주었다. 아빠가 의과 대학에 다닐 때 한 여학생을 알고 있었는데, 다른 남학생들이 그 여학생이 의사로서의 자질이 있는지 보려고 심한 장난을 했다고 한다. 지금은 부끄럽게 여기지만 아빠조차도 그랬다. 그렇지만 결국 그 여학생은 해냈다. 그들의 못된 장난을 이겨내고 의사가 된 것이다. 하지만 그 여학생은 결혼도 하지 않았고, 아이도 낳지 않았다고 했다. 그건 여자로서 손해라고 생각한다고 아빠는 말했다.

나는 그 모든 것을 다 할 수 있으며 반드시 할 거라고 다짐했다. 나는 대학에 갈 것이다. 그리고 의사가 되어 오스틴 비숍과 결혼해 아이도 낳고 여행도 할 것이다. 아프리카, 중국, 그리고 내가 학교에서 배운 모든 곳을 갈 거라고 다짐했다.

오스틴의 아빠, 비숍 씨가 새 카메라를 샀다. 제시 아빠 것보다 훨씬 멋진 것이었는데, 아마 아주 비쌀 거라고 엄마가 말했다. 오스틴의 엄마는 멍청한 짓이라고 말했다.

오스틴의 아빠는 기계를 좋아했다. 내가 어리고 멍청해서 '대단하'라고 불렀던, 운전할 수 있는 기계를 만든 것도 오스틴의 아빠였다. 오스틴이 커서 진짜 자전거가 생겼기 때문에, 그 기계는 없어졌다. 오스틴은 자전거로 우리 동네 여기저기에 신문을 배달했다.

비숍 씨는 자기 사무실에 '타자기'라고 부르는 글 쓰는 기계를 처음으로 가져다 놓은 사람이기도 했다. 비숍 씨의 비서는 수업을 듣고, 타자기 작동하는 법을 배웠다. 그래서 비숍 씨가 델마 휴대용 카메라와 사진 찍는 데 필요한 모든 장비를 샀을 때 비숍 부인은 아주 놀라고 화가 난 것처럼 행동했지만, 사실은 그렇지 않다는 것을 우리는 다 알고 있었다. 비숍 부인은 남편과 기계를 향한 남편의 애정에 익숙했다.

5월의 어느 일요일 햇살이 빛나는 오후, 비숍 씨가 뒷마당으로 카메라를 가지고 나와 삼각대에 고정시켰다. 카메라는 마치 세 발 달린 낯선 생명체처럼 거기에 서 있었다.

"어머나!"

넬은 붉은 머리를 손으로 가다듬기 시작했다. 넬은 로라 페이즐리를 안고 계단에 앉아 있었는데, 이제 세 살이 다 되어 가는 로라 페이즐리는 넬의 무릎에서 몸부림치며 나와 카메라를 향해 달려갔다.

"저 아이가 아무것도 만지지 못하게 해!"

비숍 씨가 명령하듯 소리를 질렀다.

그러나 그때 자기가 좋아하는 우리 개 페퍼를 발견한 로라 페이즐리는 페퍼를 쫓아 다녔다.

"이게 영화를 찍는 건 아니죠, 그렇죠?"

비숍 씨가 카메라를 세우는 것을 보며 넬이 물었다.

폴이 거기 있었다. 폴은 가족과 함께 있지 않을 때가 많았다.

폴은 친구들과 있기를 좋아했는데, 가끔 폴의 엄마는 아들이 누구와 뭘 하고 돌아다니는지 알 수 없다고 불평하며 아들 걱정을 했다. 폴은 이미 폴의 아버지가 다녔던 프린스턴 대학에 등록이 되어 있었는데, 만약 고등학교 공부를 제대로 하지 못하면 프린스턴 대학은 폴을 눈곱만큼도 원하지 않을 거라고 비숍 부인이 말했다.

폴은 넬에게 장난을 걸고 있었다. 카메라 앞에서 무릎을 꿇고는 마치 배우가 연극을 하듯 팔을 휘저었다. 넬에게 청혼이라도 하는 듯한 모습이었다.

"나와 결혼해 줘요, 그리고 파리로 갑시다!"

폴은 배우 같은 목소리로 말했다.

페기가 폴과 제 언니를 보고 있는 것이 느껴졌다. 페기는 나와 함께 꽃밭 옆에 조용히 서 있었는데, 우리 둘 다 그 모습이 재미있으면서도 부끄러웠다. 로라 페이즐리는 개와 장난을 치고 있었고, 오스틴은 공을 쥐고 그 둘을 쫓고 있었다. 오스틴은 공을 던져 페퍼가 가지고 오게 하고 싶었던 것이다. 우리 아기 메리는 담요에 싸여 마당 한 귀퉁이 나무 그늘에 대어 놓은 유모차에서 자고 있었다. 엄마들은 베란다에서 함께 이야기를 나누고 있었는데, 비숍 씨가 이야기하고 있는 카메라에 관한 중요한 정보는 별로 듣고 있지 않았다.

"이 델마에는 불투명유리 초점 조절 스크린과 바슈롬 렌즈가 있어요. 그야말로 최고죠."

만약 우리 아빠가 있었더라면 관심을 가졌을지도 모르겠다. 하지만 아빠는 환자를 진료하러 가고 없었다.

나는 폴이 넬 앞에서 연극을 했을 때 페기가 입술을 깨무는 것을 보았다. 페기는 당황했고 언니가 맞장구쳐 주지 않기를 바라는 것 같았다.

폴과 넬이 서로 사랑하는 사이라고 페기에게 했던 말은 사실이었다. 나는 확실히 알고 있었다. 몇 달 전이었다. 이른 저녁 우리 집 헛간에서 나는 두 사람과 우연히 마주쳤다. 우리 집 헛간은 울타리에 난 구멍으로 비숍 씨 집 마당에서 왔다갔다할 수 있었다. 말이 움직이고 발을 구르는 소리가 들려 나는 종종 그렇듯 제이콥이 왔을지도 모른다고 생각했다.

하지만 조금 열어 놓은 문으로 살짝 들어갔을 때 내가 본 것은 제이콥이 아니라, 가까이 서 있던 폴과 넬이었다. 두 사람은 손을 잡고 있는 것 같았다. 하지만 내가 들어갔을 때 두 사람은 서로에게서 얼른 떨어졌다. 폴은 마구에 칠 기름을 빌리러 왔다고 다급하게 설명했다. 비가 올 것 같아서 마구가 갈라지지 않도록 낡은 마구에 방수를 하고 싶다고 했다. 폴이 돌아서더니 선반에서 깡통을 집어 들었다. 넬은 아무 말도 하지 않았다. 넬은 얼굴이 붉어졌고 긴장한 것 같았다.

처음에 나는 굉장히 로맨틱하다고 생각했고, 두 사람의 비밀스러운 사랑에서 한 부분을 차지한 것 같아 기뻤다. 종종 나는 두 사람이 함께 있는 걸 봤다. 가끔은 베란다에서 그냥 이야기를 하고 있었다. 그리고 한 번은 야채 가게 근처 모퉁이에서 넬이 집으로 가는데, 폴이 마치 우연인 듯 다가온 적도 있었다.

하지만 어느 날 오후 비숍 씨 헛간에서 우연히 그들과 마주친 다음부터는 두 사람의 사랑을 알고 있다는 사실이 불편한 일로 변해 버렸다. 그날 나는 오스틴이 숨어 있는 것 같아 찾고 있었다. 헛간 문을 열어 보니 오스틴은 그곳에 없었다. 그런데 건초가 쌓여 있는 구석에서 갑자기 흥분으로 들뜬 속삭임이 들렸다. 나는 아무 생각 없이 그게 누군지, 왜 숨어 있는지 보려고 다가갔다. 그때 두 사람이 재빨리 서로에게서 떨어졌고, 폴이 벌떡 일어섰다. 넬이 옷을 정리하려는 듯 내게서 등을 돌렸다. 폴이 화를 내며 내게 꺼져 버리라고 했다. 넬은 먼 곳만 바라보았다. 넬의 붉은 머리에는 건초가 묻어 있었다. 앞치마는 풀어져 있었고 블라우스는 치마 밖으로 나와 있었다.

왜 그런지 정확히는 알 수 없었지만 내 느낌은 그때 바뀌었다. 더 이상 로맨틱하지 않았다. 뭔가 잘못되고 위험하다는 느낌이었다.

그리고 바로 그날, 카메라가 있던 그날 나는 내가 오스틴의 형을 싫어한다는 것을 알게 되었다. 폴의 엄마가 우리 엄마에게 폴이 제멋대로라고 불평하는 것을 들은 적이 있긴 하지만, 나는 그전에는 폴과 폴의 익살에 그다지 관심을 가져 본 적이 없었다. 그날 폴은 제멋대로라기보다는 멍청해 보였고, 넬은 그걸 즐기면서 우쭐해진 것 같았다.

하지만 폴이 잔인하고도 은밀한 방법으로 자신을 조롱하고 있다는 것을 넬은 알지 못하는 것 같았다.

"누가 먼저 찍을래?"

비숍 씨가 로라 페이즐리와 페퍼를 제외한 모두를 방해하며 갑자기 소리쳤다. 베란다에서 이야기하던 두 엄마들은 바로 이야기를 다시 시작했다.

"저요!"

오스틴이 소리쳤다. 사실 나는 오스틴의 아빠가 내 사진을 찍어 주길 속으로 바라고 있었지만, 그렇게 소리치지 못했다.

하지만 비숍 씨는 오스틴에게 전혀 신경 쓰지 않았다. 비숍 씨는 이른 봄꽃들이 피어 있는 화단 옆에 나란히 서 있는 넬과 페기 쪽으로 몸을 돌렸다. 일요일 교회에 가는 옷을 입은 두 사람은 비숍 부인의 키 큰 튤립만큼 화려했다.

"아가씨들? 사랑스러운 두 자매의 사진을 찍을까요?"

비숍 씨가 말했다.

언제나 자신 있어 보이던 넬조차 조금 부끄러워하는 것 같았다. 넬과 페기 둘 다 아무 말 하지 않았지만, 팔을 뻗어 서로의 허리에 둘렀다. 그리고 비숍 씨를 향해 웃음지었다.

"가만히 있어요."

비숍 씨가 그렇게 말하며 큰 카메라에 연결된 공을 눌렀다. 나는 두 사람이 서로 팔을 잡고 가만히 서 있는 모습을 지켜보았다. 넬이 좀더 키가 컸고 여성스러웠으며, 옷도 좀더 어른스러운 것이었다. 페기는 머리에 리본을 한 어린 소녀의 모습 그대로였다. 오스틴의 아빠는 검은 휴대용 카메라의 요술 렌즈로 아직은 꿈이 있고, 자신이 만들어 가는 대로 인생이 이루어질 수 있다고 생각하는 두 사람의 모습을 햇살 반짝이는 순간의 사진으로 담았다.

비숍 씨가 사진의 복사본을 주어 나는 지금 그 사진을 가지고 있다. 그 사진을 보고 있으면 비숍 씨 정원에 있던 그날이 우리 모두가 행복했던 마지막 순간이었다는 생각이 든다.

○1911년
7월

  새로 태어난 섀퍼 부인의 쌍둥이를 검진하러 가던 날 아빠는 나를 마차에 태우고 데리고 갔다. 이번에는 제시도 함께 데리고 갔다. 제시와 나는 아빠 양 옆에 앉았다.

  "저것 봐!"

  스톨츠 농장에 가까워지자 내가 손으로 가리키며 제시에게 말했다. 섀퍼 씨의 집에 가려면 스톨츠 농장을 지나쳐야 했다.

  "저기가 페기의 집이야! 그리고 넬의 집이기도 하고. 저기서 두 사람이 자란 거야. 이 층에 있는 방을 함께 썼는데, 이젠 여동생 안나가 써."

  "나도 여동생이 있으면 좋겠다. 네 동생처럼 아기라도 없는 것보단 나아."

  제시가 얼굴을 찡그리며 말했다.

"언젠간 생길 거야."

내 말에 제시가 눈을 흘겼다.

"우리 엄마가 절대 아니라고 그랬어."

아빠가 우리들이 하는 이야기를 듣고 웃음짓는 것이 보였다.

"아, 저것 봐! 아빠, 말 좀 천천히 몰아 주실래요?"

우리는 스톨츠 농가 옆의 풀밭을 지나고 있었는데, 스톨츠 씨가 풀밭에서 말이 끄는 수레로 일하고 있는 것이 보였다. 제이콥이 스톨츠 씨 뒤에서 거들고 있었다.

"올해는 저들에게 좋은 해구나. 이렇게 빨리 수확을 하니 두 번은 거둘 수 있겠는걸."

아빠가 말했다.

"저 말 이름이 펀치야. 나를 농장에 데리고 온 날 페기가 말해 줬어. 페기 동생은 나한테 새끼고양이도 줬다."

내가 제시에게 말했다.

"펀치? 무슨 이름이 그래?"

제시가 콧잔등을 찌푸렸다.

"주디라는 말도 있었는데 죽었대. 펀치와 주디."

"저 아인 페기의 동생이니?"

제시가 풀밭을 보며 물었다.

"응. 이름은 제이콥이야. 좀 있으면 열네 살이야."

나는 제이콥에게 손을 흔들었다.

"제이콥은 내 친한 친구야."

그렇게 큰 소년이 내 친구라는 것이 꽤 대단한 일처럼 여겨졌다. 오스틴은 제시와 나와 놀았지만, 좀 큰 남자애들은 우리를 무시했다. 더 심한 건 폴 비숍 같은 경우로, 우리를 아기라고 부르며 놀렸다.

아빠가 말의 속도를 늦추고 스톨츠 씨를 향해 모자를 살짝 들자, 스톨츠 씨는 이쪽을 보더니 일손을 놓지 않고 고개를 까딱해 보였다.

제이콥은 우리를 보는 것 같았지만 손을 흔들거나 자기 아버지처럼 머리를 까딱이지도 않았다. 스톨츠 부인과 안나는 어디에도 보이지 않았다. 나는 두 사람이 집에 있는 게 분명하다고 생각했다. 빨랫줄에 빨래가 널려 있었던 것이다. 마을에 있는 우리 집에도 빨래가 널려 있었다. 페기가 그날 아침 일찍 빨래를 해서 널어 두었던 것이다.

아빠가 고삐를 흔들자 말들이 앞으로 달리기 시작했다.

"우리 집엔 빨래가 더 많아. 메리 때문이야. 아기 하나 때문에 얼마나 일이 많은지."

내가 말했다.

아빠가 웃었다.

"쌍둥이가 태어난 섀퍼 씨 집에선 어떤지 한 번 보고 나서 얘기하렴. 아마 메리만 돌보게 된 걸 고마워 할 거야."

스톨츠 농장이 우리 뒤에서 사라지고 있었다. 손으로 햇빛을 가리고 뒤를 돌아보았더니 제이콥이 여전히 모자를 푹 눌러 쓰고 있는 것이 보였다.

"너한테 손도 안 흔드는데. 저 아이가 네 친구라며. 난 내 친구가 지나가는 걸 보면 손을 흔드는데. '안녕!' 하고 소리치고 친구가 길 끝으로 사라질 때까지 보고 또 보는데. 내내 손을 흔들면서 말이야."

제시가 말했다.

"글쎄, 제이콥이 손 흔드는 걸 잊었나 봐."

나는 제이콥을 변명해 주려고 애쓰며 말했다.

"스톨츠 씨 아들은 좀 다르단다, 제시. 자기 식대로만 하지."

아빠가 껄껄 웃으며 말했다.

"또 재주도 아주 많아."

나는 제시에게 제이콥에 대해 좋게 말해 주려고 덧붙였다.

"흉내내지 못하는 게 거의 없지. 아마 지금 건초절단기의 덜컹덜컹 소리를 흉내내고 있을 거야. 그렇죠, 아빠?"

"그럴 거다. 제이콥이 소리 흉내내는 재주는 꽤 훌륭하지."

"들어 봐! 나도 박새 흉내를 낼 수 있어."

제시가 말했다. 그러고는 치카-디-디-디 소리를 계속 냈다. 말들조차 귀를 조금씩 실룩거리는 게 보였다. 말들은 나와 아빠와의 조용한 이야기 소리에 익숙해 있었다. 그런데 제시는 자리에서 몸을 흔들면서 큰 소리로 새소리를 흉내낸 것이다. 결국 아빠는 제시를 가만히 있게 하려고 제시를 붙잡아야 했다. 나는 언덕 위 섀퍼 씨 농장이 보이자 반갑기까지 했다. 현관 앞마당에 말들을 멈추고 아빠는 제시와 나를 들어 내려 줬다. 작은 사내아이 둘이 나무로 만든 수레 속에 돌멩이를 넣으며 함께 놀고 있었다.

"안녕, 베니, 안녕, 윌리암. 잘 지냈니? 아기가 새로 태어나니 좋으니?"

아빠가 말했다.

한 아이는 어떤 모양으로 돌멩이를 쌓는 데 푹 빠져서 아빠를 완전히 무시했다. 다른 아이는 얼굴을 찡그리며 아니라고 고개를 흔들었다.

"자, 그럼 내가 안에 들어가서 너희 엄마에게 아기들을 돌려보낼지 물어 봐야겠구나."

아빠가 말했다.

그때 막 섀퍼 부인이 문을 열었고, 아빠는 웃으며 제시와 나를 데리고 들어갔다.

"이름이 뭐예요? 남자예요, 여자예요? 왜 머리카락이 없는 거죠?"

제시가 물었다.

나는 제시가 무례하다는 생각이 들었지만, 섀퍼 부인은 상관 없는 것 같았다. 섀퍼 부인은 웃으며 말했다.

"아직 아무도 이름이 없어. 그리고 머리카락은…… 글쎄, 아마 아빠를 닮았나 봐."

두 대머리 아기들은 부엌 테이블에 나란히 누워 잠이 들어 있었다. 아빠가 진찰하도록 섀퍼 부인이 아기들을 그곳에 누인 것이다.

아빠는 웃음지으며 구석에 놓인 가방을 들여다보며 말했다.

"벤은 머리숱이 많았어요, 해리엇. 우리가 함께 학교 다닐 때는 머리가 빽빽했죠. 내 기억이 맞나 모르겠지만 곱슬머리였던 것 같은데요. 여자애들이 그 머리에 감탄하던 기억도 나요."

아빠는 장난기 섞인 목소리로 계속 말을 이었다.

"왜 그렇게 빨리 머리가 빠졌나 모르겠어요. 남편한테 제대로 해 준 거 맞아요?"

아빠는 아기들에게로 주의를 돌렸다. 한 아기의 담요를 풀고 팔과 다리를 위아래로 움직여 보고 구부렸다 폈다 했다. 나는 아빠가 몸을 숙이고 그 작은 가슴에 부드럽게 청진기를 갖다 대고는 아기의 심장 소리를 듣는 것을 지켜보았다. 아기의 옆구리가 보였다.

아빠가 청진기로 환자의 심장 소리를 듣고 있는 동안은 말을 하면 안 된다는 것쯤은 알고 있었다. 하지만 아빠가 다시 몸을 일으키자 나는 아빠에게 속삭였다.

"저 아기는 메리가 태어났을 때보다 작아요. 둘 다요."

"훨씬 작지. 쌍둥이들은 원래 그래. 게다가 이 아이들은 예정보다 빨리 태어났어. 그래서 걱정이지. 안 그래요, 해리엇?"

섀퍼 부인이 고개를 끄덕였다.

"아이들 이름을 아직 짓지 않은 것도 그것 때문이란다. 고작 비석에 새겨지는 거나 보려고 이름을 지어 주고 싶진 않았어."

아빠는 이제 두 번째 쌍둥이에게 몸을 굽혀 자세히 살펴보면서 팔과 다리를 움직여 보고 심장 소리를 들었다. 나는 아빠가 두 아기들의 머리 크기를 재는 것도 지켜보았다. 그러고 나서 아빠는 이 뜨거운 7월의 낮에, 따뜻한 부엌인데도 두 아기를 담요로 조심스럽게 다시 쌌다. 아빠는 한 번에 한 아기를 들어올려 보았다. 아기들을 안으면서 아빠가 뭔가 생각하고 있음을 알 수 있었다.

"둘 다 1.5킬로그램 정도 되는 것 같아요. 해리엇."

아빠는 아기들을 눕히고 나서 말했다.

"그것보다 많이 나갈 수도 있구요. 아마 2킬로그램 정도 되겠죠. 그 정도 무게의 감자를 버터와 크림을 넣고 으깨면 가족들을 잘 먹일 수 있을 정도의 양이지요."

"아이들은 잘 먹어요."

섀퍼 부인이 아빠에게 말했다.

"그런 것 같네요. 아이들은 건강해질 거예요. 이름을 지어 줄 시간이 올 거예요. 그리고 당신 말이에요, 해리엇? 식사는 잘 하고 있나요? 심하게 일하는 건 아니죠? 벤이 아들들 돌보는 일을 도와 주나요?"

"도와 줘요. 그 때문에 이따금씩 누워 있을 수도 있어요."

아빠는 부엌을 둘러보았다. 빨래 통 속에는 기저귀들이 물에 잠겨 있고, 장작 난로 위에 놓인 냄비에서는 뭔가 부글부글 끓고 있었다. 구석에는 빗자루가 벽에 기대어 세워져 있었다.

"이 이름 없는 아기들을 요람 속에 다시 눕힙시다, 해리엇. 다른 방으로 함께 가서 당신 심장 좀 검진할게요. 아가씨들? 장난 치지 않을 거라고 믿어도 되지? 아니면 저기 기저귀라도 좀 빨래?"

아빠는 제시와 나를 보고 말했다. 나는 기분이 상했다. 왕진 갔을 때 내가 절대 장난을 치지 않는다는 것을 아빠는 알고 있었기 때문이다. 그래서 나는 아빠가 제시가 장난치지 못하게 하도록 내게 경고를 준 거라고 생각했다.

기저귀 이야기에 우리는 코를 찡그렸다. 그리고 고개를 끄덕이며 착하게 있을 거라고 약속했다. 아빠와 새퍼 부인은 아기를 하나씩 안았다. 아기들은 새끼고양이처럼 작았고 조용했다. 아빠는 다른 한 손으로 가방을 들고는 새퍼 부인을 따라 복도를 걸어갔다.

"이렇게 더운 날에 왜 모자를 쓸까?"

제시가 내게 물었다. 제시는 부엌을 돌아다니며 선반에 정리되어 있는 하얀색과 파란색 접시들을 살펴보았다.

"우리 아빠 말이야? 우리 아빠 밀짚모자를 쓰셔. 그 모잔 덥지 않아. 햇볕에 눈이 부신 걸 막아 줘. 너희 아빠도 쓰시던데. 내가 본 적 있어."

"아니, 그 아이 말이야."

제시는 참지 못하겠다는 듯 말했다.

"풀밭에 있던."

"제시, 앉아. 물건들 좀 만지지 말고."

제시가 부엌 의자에 풀썩 앉았다.

"농부들이 쓰는 모자도 아니던데. 아저씨는 농부들이 쓰는 밀짚모자를 썼는데 그 아이가 쓴 건 덥고 낡은 거였어. 멍청한 거야, 아님 뭐야?"

제시가 나를 화나게 했다. 제시가 제이콥에 대해 생각하거나 질문하거나 의심하는 것이 싫었다.

"나도 몰라."

나는 퉁명스럽게 대답했다.

"저기 봐. 우리가 읽을 만한 잡지가 있다."

나는 구석에 있던 쿠션을 댄 흔들의자에서 여성 잡지를 집어 들고는, 제시 앞 테이블에 놓았다.

하지만 나중에 집으로 돌아와 저녁을 먹고 난 뒤, 엄마가 메리를 재우러 가고 거실에 아빠와 둘만 앉아 있을 때 나는 같은 질문을 했다.

"왜 제이콥 스톨츠는 늘 털모자를 쓰고 있죠? 딱 한 번 집에서 제이콥이 모자를 벗은 걸 봤는데 제이콥 아빠가 억지로 벗게 한 거였어요."

하지만 아빠는 바로 그 질문에 대답해 주지 않았다.

"우린 모두 습관이 있어. 엄마가 그러는데 나는 내 귀를 잡아당긴다더라."

아빠가 말했다.

"맞아요, 아빠. 아빠가 생각하실 때요. 그리고 엄마는 걱정거리가 있을 때 입술을 깨물어요."

내가 말했다.

"그리고 넌 말이야, 아주 어렸을 때 분홍색 담요를 어디든 꼭 가지고 다녔지."

"제가요? 난 왜 기억이 안 나죠?"

"이제 안 하니까. 그건 아기 때 버릇이었고, 이젠 소녀가 됐잖아. 하지만 제이콥 같은 소년은……."

"아빠, 귀 잡아당기고 있어요."

우리 둘은 소리내어 웃었다.

"내가 생각하고 있다는 뜻이지."

아빠가 말했다.

"제이콥 같은 소년이 어떤데요?"

"제이콥의 모자는 제이콥이 필요로 하는 어떤 느낌을 줄 거라는 게 내 생각이야. 하지만 제이콥이 말하지 않기 때문에, 그느낌이 어떤 건지 물어 볼 수가 없어. 내 생각에 제이콥 자신을 숨기고 싶은 느낌일 것 같아. 어떤 면에서 말이다."

머리에 두꺼운 모자를 뒤집어쓴 내 모습을 상상하며 그 느낌에 대해 생각해 보았다.

"보호하는 거요."

내가 말했다.

"뭐라고?"

"자신을 보호하고 싶은 기분이요. 제 생각엔 그게 제이콥에게 필요한 느낌인 것 같아요."

아빠는 다시 귀를 잡아당기다가 자신이 귀를 잡아당기고 있다는 사실을 깨닫고는 껄껄 웃었다. 그러다가 웃음을 멈추더니다시 진지한 표정이 되었다.

"네가 맞는 것 같다, 캐티. 제이콥은 스스로를 보호하려는 거야."

"뭐로부터요? 모자는 위험을 막아 줄 수 없어요."

"그래. 그럴 수 없어. 물리적인 위험은 막아 줄 수 없지. 나뭇가지가 떨어지는 힘은 모자 속으로 그대로 전해져서 제이콥의 머리뼈는 완전히 부서지겠지. 너나 나도 마찬가지고 말이다. 하지만 제이콥의 머릿속에는 자신만의 세계가 있어. 그 모자는 그 세계가 안전하다고 느끼게 해 줄 거야."

○1911년
8월

8월이었지만, 여전히 더웠다. 어느 화요일 늦은 오후 엄마와 나는 앞 베란다에 함께 앉아 있었다. 메리는 위층에서 낮잠을 자고 있었다. 메리는 한참 짜증을 냈는데, 이가 나려고 그러는 것 같았다. 페기는 뒷마당에서 빨래를 걷고 있었다. 나오미가 부엌에서 저녁을 준비하는 소리가 망 문 밖으로 흘러나왔고, 할머니가 테이블보 위에 찰싹찰싹 카드를 치는 소리가 열려 있는 창문으로 들렸다.

나는 바느질을 하던 엄마에게 큰 소리로 막 『림버로스트 저수지의 소녀』를 읽어 주려던 참이었다. 엄마는 엄마의 파란 린넨 드레스의 해진 깃에 수를 놓고 있었다.

나는 두 달 후면 아홉 살이었다.

나는 첫 번째 장의 마지막 부분을 훑어보았다.

"엘노라의 엄마가 어쩜 그렇게 멍청할 수 있는지 이해가 안 돼요. 자기 딸이 학교에서 창피를 당하는데 신경도 안 써요."

"엘노라의 엄마가 완벽했다면 책이 그렇게 재미있지 않았을 거야."

엄마가 웃음지으며 얘기했다.

나는 곰곰이 생각하고 고개를 끄덕였다. 엄마가 옳았다. 나는 다음 장으로 넘어갔다.

늦은 오후의 부드러운 바람이 베란다 옆에서 자라고 있는 덩굴을 한껏 부풀게 했다. 데이지 꽃과 나팔꽃이 베란다에 그늘을 드리웠고, 우리는 여름 내내 꽃과 함께 하루를 시작하고 하루를 마쳤다. 커다란 느릅나무들이 동네 전체에 그늘을 드리우고 있었다. 길 건너 스티븐슨 부인은 옆 마당에서 늦게 피는 장미덩굴에 물을 주고 있었다. 덩굴 사이를 조심스레 옮겨 다니며 물뿌리개를 기울이고 있었다.

옆집 비숍 씨 집 창문에는 블라인드가 내려져 있었다. 우리 집에서도 종종 집을 시원하게 하기 위해 블라인드를 쳐 두기도 했다. 하지만 오스틴의 집에는 불편하고도 불친절한 침묵이 흐르고 있었다. 문제가 있었던 것이다.

"너무 조용하네요. 책장 넘기는 소리밖에 들리지 않잖아요."

내가 엄마에게 말했다.

하지만 엄마가 고개를 저으며 말했다.

"들어 봐!"

그러자 새소리가 들렸다.

"울새야. 쉰 목소리로 멋지게도 노래하는구나."

"목구멍 헹구는 소리 같아요."

우리는 함께 인상을 찌푸렸다. 아빠는 목이 아프다고 하면 늘 뜨거운 소금물로 목구멍을 헹구도록 했다.

"울새들은 다음 달이면 남쪽으로 날아갈 거야. 어떻게 울새가……."

엄마가 말을 하다 말고 갑자기 수놓던 것을 내려놓고 손가락을 입에 갖다 댔다.

"쉿! 저게 무슨 소리지?"

우리는 귀를 쫑긋 세웠다. 갑작스러운 소음에 울새 소리는 들리지 않게 되었다. 그 소리는 남쪽에서 들려오는 것 같았다. 다음 블록 모퉁이에 있는 교회를 지나, 마을 쪽으로 오고 있었다. 마치 커다란 기계가 출발하고, 멈추고, 힘차게 움직이는 듯한 소리였는데, 빠르게 탁탁 끊어지는 소리가 귀에 거슬렸다.

몇몇 소년들이 뒤를 돌아보며 소리치고 웃으며, 길 한가운데를 달려 우리 집 쪽으로 오는 것이 보였다. 옆 블록에 사는 쿠퍼 씨 아들들이었다.

"와요!"

그중 한 명이 우리에게 소리쳤다. 이제 몇몇 이웃들이 자기 집 베란다로 나오고, 길 건너 스티븐슨 부인은 물뿌리개를 내려 놓고 보고 있었다. 우리 부엌에서 나오미가 앞치마에 손을 닦으며 망 문에 나타났고, 그 옆에는 할머니가 있었다. 위층에서 메리가 꼼지락대며 우는 소리가 창문으로 들렸다.

이제 소리는 완전히 귀청이 터질 듯이 커져 있었다. 그리고 우리는 보았다. 오스틴의 아빠 비숍 씨가 심하게 흔들리고 격렬한 소리를 내는 자동차의 조종 장치 뒤에서 자랑스럽게 히죽거리며 우리 집 앞을 지나는 것을. 그리고 비숍 씨는 마침내 자신의 집 앞에 멈추었다. 기계에서는 씩씩대는 듯한 소리와 함께 뭔가 타는 냄새도 났다. 쿠퍼 씨 아들들이 기계로 다가가 흥분과 호기심과 두려움의 눈으로 살펴보고 있었다. 옆 블록에서 그들의 엄마가 나무 주걱을 손에 쥐고 나타났다. 저녁을 짓던 중이었던 게 분명했다. 모퉁이를 돌아 빠른 걸음으로 걸어오며 아들들에게 소리쳤다.

"물러 서! 터질지도 몰라!"

비숍 씨는 고글을 쓰고 있었다. 비숍 씨는 요란하게 고글을 벗으며 그 기계에서 뛰어내렸다.

"전혀 위험하지 않다."

비숍 씨는 엄마가 소리치고 있는데도 일 센티미터도 움직이지 않는 쿠퍼 씨 아들들을 안심시켰다.

"너희 둘 다 한 바퀴 태워 줄게."

비숍 씨가 말하자 아들들의 눈은 기쁨으로 동그래졌다.

"하지만 내 아내가 먼저다."

비숍 씨가 말했다. 비숍 부인은 로라 페이즐리를 업고 베란다에 나와 겁에 질린 눈으로 기계를 보고 있었다.

"루이즈?"

비숍 씨가 자랑스럽게 아내를 불렀다.

"당신에게 줄 고글도 있어. 그리고 더스터(*더스터 코트, 자동차가 보급되기 시작할 무렵에는 도로가 포장되지 않아 먼지가 많았고, 이를 막기 위해 입었던 먼지 방지용 외투)도!"

비숍 씨는 옆 자리에 개어 놓은 옷을 들어 보였다.

"폴, 당신 머리가 어떻게 됐군요!"

비숍 부인이 소리쳤다.

"저요, 아빠! 저 태워 주세요."

오스틴이 집에서 나와 계단을 내려와서는 기계를 열심히 관찰하고 있었다. 잠시 후 오스틴은 아빠 옆에 앉았고 두 사람은 요란한 소리를 내며 거리를 달렸다. 쿠퍼 씨 아들들은 벽돌 보도 위에 서서 부러워 미칠 지경이 되어 그 모습을 지켜보고 있었다.

아빠가 시끄러운 소리에 진료실에서 나왔고, 곧 환자들도 아빠 뒤를 따라 나왔다. 아빠와 환자들도 보도에 서서 그 모습을 지켜보고 있었다.

"정말 멋지군!"

아빠는 감탄하는 목소리로 말했다. 쿠퍼 씨 부인은 여전히 주걱을 든 채로, 터무니없이 어리석은 남편들을 둔 우리 엄마와 비숍 씨 부인을 불쌍한 눈으로 바라보고 있었다.

비숍 씨 가족은 우리 마을에서 처음으로 자동차를 산 가족이 되었다. 자동차는 900달러였다. 페기는 그날 저녁 메리에게 오트밀을 떠먹이며, 그 돈이면 고아 가족이 일 년 동안 먹고 살 돈이라고 말했다.

내가 페기에게 말했다.

"고아 가족이란 말 같은 게 있다는 생각은 안 드는데. 가족이라면 아이들뿐 아니라 아빠와 엄마도 있어야 하는 거 아니야? 아이들이 고아라면……."

페기가 나를 보며 얼굴을 찌푸렸고, 나도 다른 이야기를 해야 한다는 사실 정도는 알았다. 페기는 자주 얼굴을 찌푸리지 않았지만, 한번 얼굴을 찌푸리면 무서웠다.

"비숍 씨가 아빠도 한 대 사야 한다고 했어. 급한 환자가 있을 때 아주 큰 도움이 될 거래. 말에 마구를 채우고 데리고 나오는 데 시간이 얼마나 많이 걸리는지 페기도 알 거야. 하지만 아빠가 포드 자동차를 가지고 있으면, 그냥 차고에 전화 한 번만 하면……."

그때 갑자기 메리가 오트밀 그릇에 손을 넣더니, 그 손을 머리로 가지고 갔다. 페기가 한숨을 쉬더니 싱크대로 가 수건을 물에 적셔 왔다.

현관 시계가 여섯 시를 울렸다. 엄마가 저녁상을 차리고 있었다. 나오미가 닭고기 옥수수 수프를 만들어 놓았고, 온 집 안에 갓 구운 빵의 맛있는 향기가 가득했다.

"캐티, 가서 아빠가 곧 끝나실지 한번 보고 오너라."

엄마가 말했다.

나는 달려가서 진료실을 정리하는 아빠에게 다시 제안을 했다.

"그러니까 아빠, 그냥 차고에 전화 한 번만 하면……."

"그러면 차고에 있는 남자는 이렇게 말할지도 몰라. '대처 선생님, 죄송합니다. 응급 환자인 줄은 알지만 자동차가 고장이 나 출발할 수가 없어요.'라고 말이야."

"그럴 거라고 생각하세요?"

"그럴 수도 있다고 생각해. 지금 저기 밖에 있는 말 두 마리는……."

아빠는 창문으로 마구간을 가리켰다.

"항상 출발하지!"

나는 킥킥 웃었다. 아빠 말이 옳았다. 우리는 포드 자동차가 필요 없었다. 사실은 비숍 씨 가족도 그랬다. 비숍 씨가 새롭고 놀라운 물건을 지독히 좋아하기 때문에 샀을 뿐이었다.

아빠는 약을 보관해 두는 캐비닛을 잠그고 열쇠를 주머니에 넣었다. 나는 창문으로 계속 뒷마당 끝에 있는 마구간을 바라보았다.

"가끔 제이콥이 마구간에 와요."

나는 갑작스레 아빠에게 말했다.

"제이콥 스톨츠?"

아빠가 책상을 정리하다가 돌아섰다. 아빠는 놀란 것 같았다.

"레비가 제이콥이 우리 말을 보고 있는 걸 봤다고 언젠가 한 번 내게 말했었지."

"네, 페기 동생이요. 자주 와요. 하지만 아무것도 상하게 하지 않아요. 제이콥은 말을 좋아해요."

아빠가 웃음지었다.

"제이콥 농장에도 말이 한 마리 있잖니. 아마 가끔 농장에서 멀어지고 싶은가 보다. 제이콥이 좋아하는 건 돌아다니는 거지."

"그리고 저요."

내가 말했다.

"제이콥은 절 좋아해요. 제이콥이 제게 골디를 줬어요."

"물론 제이콥은 너를 좋아해, 꼬마 의사 선생님. 모두 다 널 좋아하지. 자, 얼른 가자. 엄마가 기다리신다."

아빠가 진료실 문을 잠근 뒤 우리는 현관으로 걸어갔다. 가는 길에 아빠가 말했다.

"스톨츠 씨 집에 일이 좀 있다, 캐티. 페기가 기분이 좋지 않은 걸 너도 알았을 거다."

나는 고개를 끄덕였다. 나도 눈치챈 일이었다.

"넬에 관한 일인가요?"

"그래."

나는 무슨 일인지는 몰랐다. 하지만 넬이 7월에 갑자기 비숍 씨 집을 떠났다고 오스틴이 말했다. 넬은 자기 짐을 챙겨서 떠났고, 떠나면서 울었다고 했다. 아무도 그 얘기를 하려고 하지 않았다. 페기조차도. 어쨌든 넬 스톨츠는 가 버렸다.

"영화배우가 되려고 뉴욕에 갔을까요, 아빠? 메리 픽포드처럼요?"

아빠가 얼굴을 찌푸렸다.

"아니다, 캐티. 왜 그런 생각을 한 거냐? 넬 스톨츠는 영화에 나오지 않을 거야."

"나오고 싶어했어요."

"글쎄, 그건 아마도 넬의 꿈이었겠지. 하지만 농장으로 돌아갔다."

"넬은 농장을 좋아하지 않아요! 거기에 놀러가는 것도 싫어했어요."

아빠는 어색한 헛기침 소리를 냈다.

"아무튼 지금은 그곳에 있다. 캐티, 엄마와 페기에게는 넬 이야기를 하지 않는 게 좋겠구나. 이미 두 사람 다 심란해 있을 거야."

"비숍 씨 가족들도 심란한 상태예요. 지난 주에 비숍 씨가 폴에게 소리지르는 걸 들었어요. 폴은 뒷문으로 나가면서 문을 쾅 닫았고요. 그 쿵 소리에 메리가 낮잠 자다 깼거든요."

"어쩌면 폴의 아빠가 그래서 차를 산 것 같구나. 그 일들을 마음속에서 떨쳐 버리려고 말이야. 음. 수프 냄새가 좋은걸."

아빠는 현관에 코트를 걸었고, 우리는 저녁을 먹으러 들어갔다. 아빠를 따라 들어가면서 나는 아빠가 말한 그 일들이란 것이 뭘까 궁금했다.

○1911년
9월

할머니는 여름이 끝나자 매년 그랬던 것처럼 신시내티로 돌아갔다. 하지만 이번엔 메리 때문에 돌아가기가 힘들다고 할머니는 말했다.

메리는 아랫니 두 개가 났고 자주 방실방실 웃었다. 할머니가 떠나기 전날 비숍 씨가 다시 한번 더 카메라를 설치해서 메리를 안고 있는 할머니 사진을 찍었다. 아기를 가만히 앉아 있게 하는 것은 거의 불가능했고, 마지막 순간에는 로라 페이즐리도 기어 올라가겠다고 때를 쓰는 바람에 할머니의 무릎과 팔은 아기들로 꽉 차 버렸다. 할머니는 기쁨에 비하면 무거운 것쯤은 아무것도 아니라고 말했다.

9월에 학교가 시작되었다. 우리 선생님은 잿빛 머리의 무디 선생님이었다. 선생님은 교회 성가대에서 노래를 하기 때문에 나는 일요일에도 선생님을 만났는데, 교회에서 선생님은 달라 보였다.

더욱 신기한 건 무디 선생님은 25년 전 엄마가 3학년 때 담임 선생님이었다는 사실이었다. 학교에 간 첫날 무디 선생님은 나를 보더니 말했다.

"넌 캐로 맥퍼슨의 딸이구나. 그렇지?"

잠깐 동안 나는 그게 무슨 말인지 이해하지 못했다. 그리고 나는 엄마가 지금은 캐롤라인 대처이지만 예전에는 캐로 맥퍼슨이었다는 사실을 기억해 냈다. 그래서 나는 "네, 선생님."이라고 말했고, 선생님은 예전에 엄마가 썼던 책상으로 나를 데리고 가 주었다! 그 긴 세월 동안 기억하고 있었다니! 내가 그 이야기를 하니 엄마도 놀라워했다.

오스틴과 제시, 나는 이제 3학년이 되었다. 매일 아침 학교가 있는 모퉁이까지 함께 걸어가서, 오스틴은 남자애들과 함께 남학생 교실로 들어가고 제시와 나는 여학생 교실로 들어갔다. 그리고 우리 셋은 학교가 끝나 우리 동네로 돌아가기 전까지는 서로 친구가 아니었다.

비숍 씨 집에는 새로운 가정부가 들어왔다. 레비의 여동생 플로라였다. 플로라는 수줍음 많고 신경질적이며, 게다가 전혀 쾌활하지도 않아 실망스러웠다. 넬은 장난을 많이 쳐서 우리를 웃게 했지만, 플로라는 고개를 숙이고 조용히 일만 할 뿐 말도 거의 하지 않았다. 하지만 플로라는 로라 페이즐리를 잘 보살폈다. 손을 잡고 산책하러 나온 두 사람을 가끔 보았는데, 그때는 플로라가 말하는 모습을 볼 수 있었다. 마치 세 살짜리 아이와 있을 때만 편안한 것 같아 보였다.

나는 학교에서 플로라를 본 적이 있었다. 내가 1학년일 때 플로라는 6학년이었다. 그때 플로라는 친구가 있었고, 우리 작은 아이들이 쉬는 시간에 술래잡기나 숨바꼭질을 하는 동안 플로라가 큰 소녀들과 킬킬대며 수다를 떠는 것을 본 기억이 있었다. 하지만 이제 플로라는 일을 해서 아빠 없는 가족을 돕기 위해 학교를 그만둔 것이다.

그리고 또 한 사람 더 학교를 그만두었다. 오스틴의 형 폴은 올해가 고등학교의 마지막 해였지만 떠나 버렸다. 폴은 원하지 않았던 일이었다. 그것이 내가 엿듣게 되었던, 폴과 비숍 씨가 서로 시끄럽게 소리치며 다투던 이유였다.

9월이 되자 비숍 씨는 폴의 물건들을 트렁크에 꾸려 포드 자동차에 싣고는 폴을 태워 기차역으로 갔다. 두 사람 다 얼굴이 돌같이 굳어 있었고, 서로 한 마디도 하지 않았다. 베란다에서 비숍 부인은 울었고, 오스틴은 잘 가라고 손을 흔들었다. 그리고 폴은 기차를 타고 코네티컷에 있는 기숙학교로 떠났다.

"아주 좋은 학교란다."

내가 왜 폴이 그렇게 멀리 가야 하느냐고 묻자 엄마가 말했다.

"거기서 폴의 아빠처럼 프린스턴 대학에 가고, 그리고 변호사가 될 준비를 할 거야. 가족들이 능력이 되면 남자애들은 기숙학교로 간단다."

그곳은 남자 학교라고 엄마가 말했다. 나는 폴이 어떤 기분일까 궁금했다. 왜냐하면 폴은 바람둥이였으니까. 나는 폴과 넬이 서로 좋아하는 사이였다는 걸 알고 있었다. 하지만 봄에 폴이 고등학교에 다니는 다른 여자를 댄스파티에 데리고 가서 동백꽃 장식을 사 준 것도 알고 있었다. 폴과 그 여자애가 터키 트롯(*둘씩 짝을 지어 원을 그리며 추는 춤)에서 상을 받았고, 그 사실을 알게 된 넬이 엄청나게 화를 냈지만 폴은 넬을 비웃었다고 오스틴이 내게 말했다.

터키 트롯은 가장 인기 있는 춤이었다. 제시와 나는 내 방에서 함께 연습을 하곤 했는데, 너무 시끄러워 거실 천장이 무너질 것 같다고 엄마가 걱정을 했다. 나는 폴이 터키 트롯이 없는 학교로 가게 되서 고소하다고 생각했다. 이제 폴에게는 함께 춤을 출 여자도, 헛간에서 키스하고 나중에는 비웃을 넬도 없는 것이다.

나는 생일 파티가 하고 싶었다. 작년 여덟 번째 생일에는 수두를 앓아서 침대에 누워 있었다. 나는 아빠가 그러지 말라고 계속 주의를 주는데도 이따금씩 가려운 곳을 긁으며 침대에서 선물을 열었다.

아홉 살이 다 되어가던 어느 날, 나는 다락에 있는 물건들을 훑어보다가 당나귀 꼬리 달기 게임(*그림 맞추기의 하나)을 발견했다. 커다란 기름천에 당나귀가 그려져 있고, 먼저 했던 파티에서 뚫린 작은 핀 구멍들이 여기저기에 나 있었다. 나는 그것을 아래층으로 가지고 가서 페기에게 보여 주었다. 페기는 전에 그 게임을 한 번도 본 적이 없었다.

"이걸 벽에다 핀으로 붙여. 그리고 아이들이 차례차례 눈가리개를 하고 한 바퀴 돌고는 당나귀에게로 가는 거야. 눈가리개를 하고 꼬리를 들고 말이야. 그러고는 맞는 곳에 꼬리를 다는 거지."

페기는 식당 테이블 위에 올려놓은 낡은 당나귀를 수상쩍다는 듯 바라보았다.

"엉뚱한 곳에 핀 구멍들이 있는 거 보여? 봐! 귀에도 있어! 내 일곱 번째 생일에 제시 우드가 이렇게 했어. 그러고는 상을 못 받았다고 울었어."

"무슨 상?"

나는 페기가 생일 파티에 대해 정말 아는 것이 없다는 사실에 놀랐다.

"꼬리 가장 가까운 곳에 단 사람이 상을 타. 수두를 앓기 전에 했던 내 마지막 생일 파티에서 남자애들에게는 손수건을, 여자애들에게는 골무를 선물했어. 그리고 거미줄 놀이도 해. 엄마가 여기저기에 줄을 감고, 우리 각자에게 하나씩 주는 거야. 그게 꼭 거미줄처럼 보이는 거지. 자기 줄을 따라가 보면 그 끝에 선물이 있지! 보통은 사탕이야."

"오, 세상에. 또 어떤 걸 해?"

"음, 물론 게임이지. 런던 브리지(*두 사람이 손을 맞잡고 다리를 만들어 노래를 부르다 그 아래를 지나가는 아이를 잡는 게임. 우리나라 동대문놀이와 비슷하다), 골짜기의 농부(*노래에 맞춰 여러 가지 역을 맡은 사람들이 원을 만들어 하는 놀이). 이 놀이들을 뒷마당에 나가서 하기도 해. 그러면 나오미가 케이크를 만들어 오고, 또 아이스크림도 먹어."

페기는 당나귀 기름천을 조심스레 접어 선반 가장 아래 테이블보가 들어 있는 서랍에 넣으며 말했다.

"메리를 깨워서 데리고 내려올 시간이네."

"페기?"

"왜?"

"내 생일 파티에 제이콥을 초대하고 싶어."

페기가 놀라서 나를 쳐다봤다.

"제이콥을?"

바로 그때 골디가 자고 있던 의자에서 뛰어 내려왔다. 골디는 이제 다 자랐는데, 꽤 큰 편이었고 온순했다. 고양이는 방을 걸어오더니 내 신발에 몸을 비볐다.

"제이콥이 내게 골디를 줬잖아."

내가 페기에게 일깨워 주었다.

"제이콥은 파티에는 가지 않아. 절대."

페기가 말했다.

나는 골디를 안아 들었다. 골디는 팔과 다리를 흔들며 인형처럼 내 팔에 대롱대롱 매달렸다. 나는 골디가 가르랑거리는 소리에 귀를 기울였다. 나는 페기 말이 옳다는 것을 알았다. 그럴 수 없으리라는 것을, 제이콥이 파티를 이해할 수 없으며, 제이콥이 온다면 다른 아이들이 불편하리라는 사실을.

하지만 나는 파티에 초대하고 싶다고 제이콥에게 말했다.

"다음 주에 내 생일 파티를 할 거야, 제이콥."

나는 제이콥을 만났을 때 말했다.

"너를 초대하고 싶어. 그런데 엄마는 같은 반 친구들만 된다고 했어."

그리고 덧붙였다.

"나 아홉 살이 돼."

나는 제이콥이 듣고 있는지, 만약 듣고 있다면 이해를 하는지 어떤지를 알 수 없었다. 제이콥은 골디를 무릎에 올려놓고 손가락 하나로 목을 쓰다듬으며 가르랑거리는 소리를 흉내냈다. 우리는 마구간 건초 더미 위에 나란히 앉아 있었다.

"그리고, 이거 줄게."

나는 주머니 속에 손을 넣어 커다란 묘안석 구슬 두 개를 꺼냈다. 두 개 다 짙은 갈색이었고 황금색과 검정색 점이 있었다. 나는 엄마가 생일 파티의 상품과 선물로 주려고 휘터커 가게에서 산 구슬 주머니에서 그 구슬 두 개를 골랐다. 제이콥이 내 손에서 구슬을 가지고 갔다. 구슬 두 개가 제이콥의 손 안에서 딸각거렸다.

제이콥은 혀를 이에 부딪쳐 딸각 소리를 흉내내며, 두 눈은 알 수 없는 어딘가로 향한 채 얼굴에 특유의 웃음을 띠었다. 말들은 각자의 칸 안으로 들어갔다. 골디는 하품을 하며 기지개를 켰다. 밖에서는 바람이 불어 마당에 있는 커다란 물푸레나무 가지에서 낙엽들이 떨어지며 속삭이는 소리가 들렸다. 우리 집 뒷문이 열렸고, 부엌에서 페기가 내게 들어오라고 소리쳤다. 제이콥이 페기 목소리에 고개를 들더니 무릎을 가볍게 흔들었다. 하지만 조용히 있었다.

∘1911년
10월

나는 하얀색 론 천 드레스를 입고 커다란 리본을 머리에 달았다. 나오미는 버터크림을 바른 케이크를 만들어 주었다. 토요일 오후는 아주 따뜻했고, 아빠가 식탁을 뒷마당으로 옮기자 우리는 의자들을 밖으로 꺼내 식탁 주위에 정리했다. 그리고 엄마는 생일 파티를 위해 내 의자 뒤에 분홍색으로 나비매듭을 묶어 주었다. 엄마는 노란 천을 식탁 위에 깔았고, 내가 좋아하는 분홍색 꽃무늬가 있는 하얀 접시들을 꺼냈다.

나는 상품 포장하는 것을 도우며, 아빠가 마구간 옆에 당나귀 그림을 못으로 박는 것을 지켜보았다. 눈부신 햇살 속에 국화들이 아직도 피어 있었다. 딱 한 가지만 잘못되어 있었다. 페기가 없다는 것이었다.

페기는 벌써 일 년 넘게 우리 집에서 함께 살았기 때문에, 마치 우리 가족처럼 느껴졌다. 엄마는 메리가 말을 시작하면 페기에게 '엄마'라고 부를지도 모른다는 농담을 했다.

하지만 오늘, 내 생일에 메리를 돌보는 것은 지난 이틀 동안 그랬던 것처럼 엄마와 나오미였다. 페기는 급하게 집으로 불려갔다. 이틀 전 늦은 밤에 우리 집 전화가 울렸다. 나는 이미 침대에 누워 있었는데, 아빠가 페기를 부르러 3층으로 올라가는 소리가 들렸다. 그리고 허둥지둥 페기의 물건을 싼 뒤 아빠가 말을 매고는 페기를 집에 데려다 주었다.

"페기는 곧 돌아올 거야."

아침을 먹을 때 엄마가 나를 안심시켰다. 페기가 없으니 집은 착 가라앉은 듯한 느낌이었다. 부산을 떠는 것은 언제나 페기였다. 메리를 어르고, 학교 준비물을 챙겨 주고, 그날 하루 계획을 엄마와 이야기했다.

"내 생일 파티에는 올까요?"

엄마는 얼굴을 찡그렸다.

"그렇게는 안 될 것 같구나, 캐티. 내 생각엔 일주일 정도 걸릴 것 같아. 가족 중에 아픈 사람이 있어. 완전히 나으려면 시간이 걸린다는 건 너도 알잖아."

나는 내가 수두에 걸렸을 때를 떠올리고는 엄마 말에 수긍했다.

영원히 낫지 않을 것만 같은 시간이었다.

"누가 아픈데요?"

"모르겠구나."

나는 페기의 엄마가 아픈 것이라 짐작했고 페기 가족들이 걱정이 되었다. 꼬마 안나에게는 엄마가 필요하기 때문이었다. 넬과 페기가 있다 해도 엄마가 아프면 안나는 무서워할 것이다.

스톨츠 씨가 아플 거란 생각은 하지 않았다. 스톨츠 씨는 크고 건장해서 그를 쓰러뜨릴 수 있는 것은 아무것도 없을 것 같았다. 그리고 제이콥도 아니었다. 바로 전날 밤에도 우리가 늘 만나는 그곳에서 제이콥을 봤기 때문이다.

제이콥은 가지고 온 구슬 두 개를 주머니에서 꺼내 내게 보여 주었다. 제이콥이 절대 나를 쳐다보지 않는 것은 참 알 수 없는 일이었다. 제이콥은 언제나 시선을 옆으로 향하거나 얼굴을 돌린 채였고, 할 수 없는 건지 하지 않는 건지 말을 하지 않았다. 하지만 자기만의 방식으로 이야기를 나누었다. 눈은 옆에 있는 말을 쳐다보면서도, 손을 내밀어 구슬을 보여 주는 것이었다. 제이콥은 다시 딸각 소리를 내며 고개를 약간 끄덕였다.

"내일 내 생일 파티를 할 거야. 오스틴이나 노먼, 케네스 같은 남자애들은 구슬을 받을 거야. 하지만 네 구슬이 최고야. 내가 우리 집에 있는 모든 구슬 중에서 고른 거야."

딸각, 딸각, 딸각.

"여자애들은 제시와 앤이 올 건데, 걔네들은 상품으로 머리 리본을 받을 거야. 나는 온갖 선물을 다 받겠지. 나는 생일을 맞은 주인공이니까."

나는 만족스럽게 말했다.

딸각, 딸각.

"페기가 집에 있지, 그렇지? 넬도. 모든 일이 다 잘 되길 바랄게. 아픈 사람이 엄마니?"

제이콥은 작업복 주머니에 구슬을 다시 넣었다. 제이콥은 이제 조용해졌다가 앞뒤로 조금씩 몸을 흔들기 시작했다. 손가락을 무릎에 대고 장단을 맞추며 두드렸다.

"내 동생 메리가 지난 주에 아팠어. 기침도 하고 열도 났어. 하지만 아빠가 약을 줘서 이제는 훨씬 괜찮아졌어. 아빠가 그러는데 가끔은 시간이 최고의 의사래. 약도 도와 주지만."

제이콥은 건초 더미에 앉은 채 계속 몸을 앞뒤로 흔들었다.

"물론 사랑도 도와 줘. 엄마가 그렇게 말했는데, 아빠도 그렇게 생각하신대. 메리가 아플 때 엄마가 메리 곁에서 메리를 흔들어 주기도 하고 젖도 주고 찬 수건으로 이마를 닦아 주기도 했어. 부엌 바로 위에 있는 창문이 메리 방 창문이야."

제이콥이 관심 없는 것을 알면서도 나는 말했다.

"내 방은 베란다 위, 복도 끝에 있어. 파란 커튼이 있고. 마당에서 보일 거야."

나는 제이콥을 어떻게 도울지 몰라 목적 없이 주절댔다. 제이콥이 뭔가에 괴로워하고 있다는 것은 분명했는데, 그것은 내가 이해할 수도 바로잡을 수도 없는 것이었다.

제이콥이 소리를 냈는데, 울고 있는 것인지도 몰랐다. 하지만 난 제이콥의 얼굴을 볼 수 없었다. 나는 결국 어떻게 해야 할지 몰라서 자리에서 일어섰다.

"이제 들어가 봐야 해. 내일 파티하려면 일찍 자야 하거든. 엄마가 아침에 머리를 감겨 줄 건데 말리려면 시간이 많이 걸려."

나는 덜 바보 같고 뭔가 도움이 되는 말을 해 보려고 애썼다.

"네 가족 일이 다 잘 되길 바랄게, 제이콥."

이상하게도 난 몸을 숙여 제이콥의 머리 위에 입을 맞추고 싶었다. 내가 위로가 필요할 때면 부모님이 그렇게 해 주었는데, 제이콥을 위로해 주기에도 좋을 것 같았다. 하지만 언제나처럼 제이콥은 두꺼운 모자로 세상으로부터 스스로를 보호했고, 내가 그렇게 제이콥을 건드리면 제이콥은 움츠러들 거라는 사실을 알고 있었다.

제이콥은 열네 살쯤 된 덩치 큰 소년이었다. 무릎에 얹은 손은 커다랬고 발은(종종 맨발이었지만, 10월인 지금은 두꺼운 신발을 신고 있었다) 거의 아빠 발 크기만 했다. 나는 제이콥이 농장 일을 하는 것을 보았다. 제이콥이 튼튼하며 동물을 잘 다룬다는 것을 알고 있었다. 하지만 말도 못하고 소리만 냈고, 그래서 원하는 것을 상대방이 추측할 수밖에 없다는 점에서 제이콥은 메리만큼이나 어리고 미숙한 것 같았다.

눈부신 늦가을의 따뜻한 오후, 마당은 리본 장식으로 가득했고 노란 테이블보 위에는 포장된 선물들이 반짝이며 쌓여 있었다. 아이들은 의자 뺏기 놀이를 했다. 아빠가 빅트롤러 축음기를 계속해서 돌리고, 엄마는 줄에서 의자를 하나씩 빼서 마지막에 남은 한 명이 우승자가 되었다. 마구간 벽에 붙어 있던 불쌍하고 늙은 당나귀는 계속해서 코와 배와 귀에 구멍이 뚫렸다. 결국 오스틴 비숍이 꼬리가 부분에 가장 가까이 다가가서 상품을 탔다.

우리는 집 안으로 들어가 거미줄을 풀었다. 엄마는 각각 다른 색깔의 리본 끈으로 거미줄을 만들어 두었는데, 리본을 따라가다 보면 가구 밑이나 옷걸이 뒤로 기어가게 되었고 결국 리본 끝에서 사탕을 찾았다. 고양이 골디가 따라다니면서 매달려 있는 리본을 발로 잡아채려고 계속해서 뛰어오르는 바람에, 불쌍하게도 결국 지하실로 추방되었다.

내가 선물을 푸는 것을 보기 위해 다 같이 마당에 모였다. 제시에게 수놓은 손수건을 받은 것 말고도 종이 인형, 줄넘기, 핀 꽂는 쿠션, 나무 블록 빼기 놀이 세트 등을 선물 받았다. 할머니는 신시내티에서 『빨강머리 앤』을 보내 주었다. 마지막으로 나오미가 물푸레나무 아래에 놓인 식탁에 케이크와 아이스크림을 차려 주었다.

생일 파티 손님들이 집으로 가고 나자 공기가 차가워졌다. 쌀쌀한 바람이 갑작스레 불기 시작하자 우리는 서둘러 식탁과 선물들을 안으로 들였다. 꼭 비가 올 것만 같았다. 그날 오후 마당에서 즐거운 시간을 보내고, 케이크와 아이스크림을 먹고, 그리고 손님들이 돌아간 뒤 청소를 돕는 동안 나는 전날 밤 제이콥이 조금은 낯설고도 슬프게 나를 찾아왔던 일을 까마득하게 잊어버렸다. 제이콥은 생소하고도 끔찍한 방법으로 내 인생에 다시 들어왔다. 내가 케이크가 묻은 파티 드레스를 다른 빨래들과 함께 꾸려 두고 잠옷으로 갈아 입은 다음, 새 책을 침대 옆 테이블 위에 두고 깊이 잠이 든, 차가운 가을비가 내리는 밤이었다.

나는 한밤중에 울리는 전화벨 소리에 잠이 깼다. 아니면 벌써 잠이 깨 있었던 건지도 모르겠다. 그 이후 그날 밤의 내 기억은 엉망이 되었지만, 뭔가 강한 비바람 같은 것이 시작되면서 나를 일찍 깨운 것만은 사실이었다. 나는 뭔가 익숙하지 않는 소리를 듣고 자리에서 일어나 앉았다. 나는 어둠 속에서 귀를 기울였다. 문이 열렸다가 조용히 닫히는 것 같기도 하고, 계단을 오르는 발자국 소리도 들었던 것 같다. 그 이후에는 빗소리만 들릴 뿐, 고요하기만 했다. 나는 꿈이었나 생각하고 다시 잠이 들었다. 그리고 좀 있으려니 전화벨이 울렸다.

우리 집에서는 다른 집에서 하는 것처럼 우리 집 전화벨이 울리는 걸 들으려고 애쓸 필요가 없었다. 아빠가 의사였기 때문에 우리 집 별도로 전화선이 있었고, 우리 집에서 울리는 전화벨은 언제나 우리 전화였다. 늦은 밤에 전화벨이 울리는 일은 특별한 일이 아니었다. 온 동네가 어둡고 조용할 때 사람들은 가장 아픈 것 같아서, 아빠는 종종 한밤중에 옷을 입고 진료 가방을 들고 서둘러 집을 나서야 했다.

그래서 나는 전화벨 소리나 전화를 받으러 내려가는 아빠의 발소리에도, 옷을 입으면서 엄마에게 이야기하는 아빠의 웅얼거리는 목소리에도 놀라지 않았다. 나는 아빠가 큰 길을 두 개 지나면 있는 병원으로 서둘러 가는 것을 상상하며 베개에 머리를 파묻었다. 어쩌면 아빠는 마차도 타지 않을지 몰랐다. 아빠는 가방을 들고 빨리 걸을지도 몰랐다. 그리고 아침 식사를 하면서 아빠는 갑작스럽게 병이 나 걱정에 사로잡힌 어느 가족의 이야기를 해 줄 것이다. 한 번은 뇌수막염에 걸린 아이가 있었는데, 나아졌다고 아빠가 말했다. 한 번은 교회에서 조금 아는 노인이 심장에 문제가 있었는데, 회복되지 못했다고 했다. 우리는 며칠 후 장례 행렬이 교회에서 묘지로 가는 것을 지켜보았다.

하지만 내 생일날 밤에는 달랐다. 반쯤 깬 채로 누워 있는 동안 평소와는 좀 다른 소리가 난다는 것을 알게 되었다. 나는 아빠가 다시 전화기로 가는 소리를 들었고, 교환원에게 말할 때 아빠가 말하는 숫자를 들었다. 426번. 아빠는 옆집 비숍 씨네로 전화를 건 것이다. 살짝 열린 내 방 창문을 통해 들어 보니 비숍 씨 집 전화벨 소리가 빗소리 속에서 들렸다. 잠시 후 그 집 거실 불이 켜졌다. 비숍 씨도 아빠처럼 전화를 받기 위해 일어난 것이다.

나는 아빠가 하는 이야기를 들었지만 무슨 말인지 알 수 없었다. 그리고 아빠는 집을 나섰고, 아빠가 마당을 지나 비숍 씨 집을 향해 비를 맞으며 가는 것이 보였다. 두 사람이 베란다에서 만나 이야기를 하더니, 비숍 씨가 포드 자동차를 두는 헛간으로 갔다. 비숍 씨가 모터에 시동을 걸었고(아마 온 동네가 그 소리를 들었을 것이다) 잠시 뒤 자동차는 부르릉 소리와 함께 덜컹거리며 헛간에서 골목으로, 그리고 거리로 나가더니 이내 달리기 시작했다. 나는 아빠가 비숍 씨와 함께 차를 타고 떠난 줄 알았다. 그러나 잠시 후 마구간에서 아빠가 제드와 달리아를 마차에 매는 소리가 들렸다. 그리고 아빠도 마차를 타고 출발했다.

밤이 되니 추워졌고 비는 비바람이 되어 억수같이 쏟아졌다. 늦가을의 따뜻한 날씨도 끝났다. 얇은 잠옷을 입은 나는 덜덜 떨며 창문을 당겨 닫고는 엄마에게 무슨 일인지 물으러 갔다.

"스톨츠 농장에 문제가 있어. 도움이 필요해."

그게 엄마가 말한 전부였다.

엄마는 큰 침대의 아빠 자리에 올라오게 했다. 우리는 침대에 나란히 누웠다. 엄마는 한쪽 팔로 나를 안고 내 머리를 손으로 쓰다듬었다. 잠시 후 나는 잠이 들었다.

엄마가 움직이며 일어나 앉았을 때는 불이 켜져 있었다. 나는 눈을 떴다.

"아빠가 오셨어요?"

"아니, 아직. 좀더 자거라. 아직 이른 새벽이야. 메리에게 젖을 주려고 그래."

엄마는 침대에서 일어나 의자에 걸쳐 놓았던 파란색 가운을 입었다.

복도 끝에 있는 아기 방에서 이른 아침 동생이 내는 즐거운 웃음소리가 들렸다. 메리는 이제 6개월이 되었는데, 고맙게도 밤새 깨지 않고 잘 잤다. 메리가 더 어렸을 때는 엄마가 메리에게 가고 또 가야 하는 때가 있었다.

나는 따뜻한 부모님 침대 속에 폭 안겨서, 엄마가 복도 끝으로 가 메리 방의 문을 열고 부드럽게 메리에게 이야기하는 소리를 들었다. 매일 그 일들이 일어날 때 나는 거의 언제나 잠을 자고 있었지만, 그 소리들은 내게 친숙했다. 엄마는 메리를 침대에서 안아 올려 젖은 기저귀를 갈아 주고 분홍빛 담요로 감싼 다음 푹신한 흔들의자에 앉아 젖을 줄 것이다.

하지만 모든 것이 어긋난 이 새벽, 꿈결 속에서 한결같던 소리들은 엄마의 끔찍한 울음으로 중단되었다.

잠시 후 엄마는 두 팔로 메리를 안고 돌아왔다. 엄마는 메리와 깨끗한 기저귀를 나에게 밀어 넣고는 말했다.

"메리를 잘 봐. 기저귀 갈아 주고. 침대에서 떨어지지 않게 해."

엄마의 얼굴은 하얗게 질려 있었다. 엄마는 몇 번 깊게 숨을 쉬었다.

"캐티? 깬 거야? 정신 차렸니? 난 전화를 해야 한다. 메리를 보살펴라. 그리고 아기 방에는 가지 말고. 내 말 듣고 있는 거니?"

나는 고개를 끄덕였다. 메리는 내 옆에 누이자 포동포동한 손으로 시트를 움켜잡았다.

"약속해! 아기 방에는 들어가지 않는다고."

"약속할게요."

메리가 꼼지락거렸다. 나는 메리가 높고 넓은 침대 끝으로 마음대로 가서 떨어지지 않도록 메리의 잠옷 끝을 단단히 잡았다.

서둘러 방에서 나간 엄마는 계단을 내려가 현관에 있는 전화기로 갔다. 나는 엄마 말대로 메리의 젖은 기저귀를 풀고 마른 기저귀를 메리에게 채울 수 있는 모양으로 접기 시작했다. 엄마와 페기가 하는 것을 자주 봐 왔지만, 막상 하려니 복잡해서 내 방식으로 접었다. 아래층에서 엄마의 목소리가 들려왔지만 무슨 말을 하는지는 알 수 없었다. 메리가 울기 시작했기 때문이었다. 마침내 최선을 다해 기저귀를 단단히 채우고 메리를 안고 엄마가 전화를 하고 있는 아래층으로 내려갔다.

"메리가 배고픈가 봐요."

더 심하게 울고 있는 메리를 엄마에게 안겼다.

"아빠가 오신다."

엄마가 간결하게 말했다. 엄마는 거실 의자에 앉아 메리에게 젖을 물렸다.

"스톨츠 씨 농장에 계신다면서요."

"그러셨지. 내가 거기 전화를 했다. 집에 오고 계셔."

엄마가 메리의 가느다란 머리카락을 쓰다듬었다. 젖을 물리자 메리는 조용해졌다.

"무슨 일이에요, 엄마?"

하지만 엄마는 고개를 가로젓기만 했다.

"캐티, 너 스톨츠 씨 아들 알지? 이름이 뭐더라, 조셉?"

"제이콥이요."

"그래, 제이콥. 기억했어야 하는데. 아빠가 방금 그 이름을 이야기했거든."

"제이콥에게 무슨 일이 있나요?"

"아니. 그런데 페기 말로는 네가 제이콥의 친구가 됐다고 하더구나."

엄마는 낯선 표정으로 웃었다.

"페기 말로는 네가 생일 파티에 제이콥을 초대하고 싶어했다던데."

그러고는 갑자기 물었다.

"그게 어제였니? 아주 오래 전 일 같구나."

엄마는 메리를 어깨에 세우고 등을 두드리기 시작했다.

"캐티, 수건 갖고 와라. 메리가 토할지도 모르니."

나는 부엌으로 가서 나오미가 잘 개어서 넣어 둔 깨끗한 수건을 가지고 왔다. 엄마는 메리 입에 묻은 우유 자국을 부드럽게 닦았다.

"제이콥이 왜요?"

"사람들이 제이콥을 찾고 있어. 달아난 것 같대. 아빠가 제이콥이 갈 만한 곳을 아는지 네게 물어 보라고 하시는구나."

"제이콥은 어디든 가요. 여기저기 돌아다니거든요."

나는 그렇게 말했지만 어디서 제이콥을 찾을 수 있는지 이미 알고 있었다.

"엄마, 추워요. 옷을 입어야겠어요."

엄마는 입술을 깨물었다.

"아니다. 넌 아래층에 있어야 할⋯⋯."

엄마는 내 맨발과 얇은 잠옷을 보았다. 나는 두 팔로 내 몸을 감싸고 있었다.

"알았다. 뛰어 올라가서 따뜻한 옷을 입거라. 하지만 바로 내려와야 해. 그리고 절대⋯⋯."

"약속했잖아요, 엄마. 메리 방에는 들어가지 않을게요."

아래층으로 내려와 보니 메리는 털실로 짠 담요에 싸여 거실 소파 한 귀퉁이에서 잠들어 있었다. 메리가 구르더라도 떨어지지 않도록 의자 하나가 옆에 놓여 있었다. 나는 급하게 옷을 입느라 갈색 체크무늬 원피스의 등 단추를 채우지 못했다. 엄마는 부엌에 있었고 나오미의 목소리도 들렸다. 나오미는 언제나 아침 일찍 집에 왔다. 이렇게 비가 오는 일요일 아침에도.

나는 온기가 있는 곳에 있고 싶어 부엌으로 갔다.

"사람들이 무리지어서 로톤 카운티 밖으로 찾으러 나갔어요. 지나가면서 보니 사람들이 경찰서 앞에 모여 있더라구요."

나오미가 엄마에게 말하고 있었다. 엄마는 심란한 표정으로 고개를 끄덕이며 식탁에 음식을 차리기 시작했다. 아빠가 집에 도착하면 배가 고플 것이다. 나오미가 말하는 모습을 보니 흥분했지만 특별히 놀란 것 같지는 않았다. 나오미는 사정은 다 알지 못했고, 그저 머리가 이상한 아이가 비를 맞고 달아났기 때문에 폐렴에 걸리기 전에 찾아야 한다는 정도로 생각하고 있는 것 같았다.

식탁이 다 차려졌고 나는 엄마가 내 단추를 채우는 동안 등을 돌리고 서 있었다.

"쿠퍼 씨 아들들이 필더 연못 근처에서 길을 잃었던 일이 떠오르더라고요. 그 아이들은 개구리를 찾으러 너무 멀리까지 간 거죠. 그게, 녀석들이 아주 어릴 때였죠, 다섯 살인가, 여섯 살?"

나오미는 빵을 썰면서 계속 떠들었다. 나오미는 엄마가 긴장해 있으며 자신의 말을 듣고 있지 않다는 것을 알아채지 못했다.

　내 등에서 엄마 손가락이 서투르게 움직이는 것이 느껴졌다. 아무 말도 없는 것이 엄마는 마치 정신 나간 사람 같았다. 나 또한 같은 느낌을 받았던 것이다. 말을 할 수도, 움직일 수도 없는 느낌. 나는 엄마 말대로 했다. 메리 방에 들어가지 않았던 것이다. 하지만 조금 열려 있는 문을 좀더 밀고 들여다보았다. 그리고 알게 되었다. 엄마가 그곳에서 본 것을. 왜냐하면 나도 그것을 보았기 때문이다.

○1911년
10월

아빠가 다른 남자와 함께 뒷문으로 들어왔다. 두 사람의 옷에서는 물이 뚝뚝 떨어지고 있었다. 아빠가 도로에 마차를 세워두고 내려서 말들은 비를 맞으며 그대로 거기 있었다. 아빠가 그렇게 하는 것은 드문 일이었다. 아빠는 언제나 레비를 불러서 말들을 마구간으로 데리고 가 솔질을 해 주고 귀리를 주면서 돌보게 했다.

하지만 말들은 빗속에 조용히 서 있었고 아빠는 나오미가 내민 따뜻한 커피와 얼굴과 손을 닦을 마른 수건도 무시했다. 아빠가 엄마를 바라보자 엄마는 조용히 일어서서 아빠를 계단으로 데리고 갔다. 다른 남자도 따라갔다. 나도 따라가려 했지만 엄마가 층계참에서 날카로운 목소리로 말했다.

"아래층에 있어."

그리고 발밑에 뭔가 있었는지 몸을 숙여 줍더니 못 참겠다는 듯 내게 건넸다.

"이거 치워, 캐티. 파티에서 남은 거다."

나는 엄마에게서 그것을 받아들었다. 엄마의 생각이 틀렸지만, 아무 말 하지 않았다. 나는 그것을 내 주머니 안에 넣었다.

나는 위층에서 복도를 지나 메리의 방으로 가고 있는 어른들의 목소리를 들었다. 나는 그들이 그곳에서 무엇을 볼지 알고 있었다. 그리고 그들이 어떻게 할 것인지 궁금했다. 하지만 그것은 중요한 것 같지 않았다. 아무것도 중요하지 않았다. 제이콥 말고는.

나는 거실 소파에서 아직도 잘 자고 있는 메리를 확인했다. 메리의 작은 손이 밖으로 뻗어 나와 있었다. 나는 현관 옷장에서 두꺼운 재킷을 꺼냈다. 그리고 나오미가 스토브를 향해 돌아서서 나를 보지 않을 때 부엌을 몰래 빠져 나왔다. 그리고 빗속을 달려 마구간으로 갔다.

나는 그곳에서 제이콥을 찾았다. 언젠가 넬과 폴을 우연히 만났던 마구간 구석의 건초 더미 뒤에서 제이콥은 몸을 웅크리고 있었다. 마구에 치는 기름통이 있는 선반이 옆에 있고, 그 옆에는 뚜껑 덮인 귀리 통이, 벽 고리에는 굴레와 마구가 걸려 있었다. 제이콥은 반쯤 잠들어 있었지만 떨고 있었고, 옷은 젖어 있었다. 오랫동안 그곳에 있었던 것이 분명했다. 아빠가 밤에 들어와 말을 데리고 나갈 때 제이콥은 놀랐을 것이다. 나는 제이콥이 마구간에 있을 때 어떻게 있는지 알고 있었다. 제이콥은 말에 가까이 앉아 있다가 아빠가 들어오는 소리를 듣고는 달려가서 숨었을 것이다.

마치 무기가 필요할지도 모른다는 듯 갈퀴 손잡이를 꼭 붙잡고 있었다.

"이거."

나는 금색 무늬의 갈색 구슬을 꺼내며 말했다.

"네가 우리 집 계단에 떨어뜨렸어."

제이콥은 갈퀴를 놓고 구슬을 집어 주머니에 넣었다. 구슬은 주머니 안에서 다른 구슬과 부딪혀 딸각 소리를 냈고 제이콥은 바닥을 내려다보았다. 제이콥은 어깨를 웅크린 채 떨고 있었다. 나는 칸막이 문에 걸쳐 있던 말이 덮는 담요를 가지고 와 제이콥의 어깨에 덮어 주었다.

우리는 아무 말 없이 마구간에 앉아 있었다. 나는 무슨 일이 있었는지 정리해 보았다. 제이콥이 대답하지 않을 것을 알고 있었지만, 천천히 그것들을 이야기하기 시작했다. 이야기를 하는 동안 내 마음속에서 이야기들은 차곡차곡 정리가 되었고, 이 일들을 다른 사람들에게 곧 설명해 주어야 한다고 생각했다.

"넬이 아기를 가졌던 거야, 그렇지? 넬은 아기를 원하지 않았고. 아기가 태어났는데 아기를 받아들이지 않았어. 젖을 주지 않았던 거야."

제이콥은 아무 말이 없었다.

나는 작은 농가의 추운 방을 떠올렸다. 넬이 치욕을 안고 돌아왔을 때, 아마 그들은 안나를 다시 부모님 방으로 옮겼을 것이다. 그리고 지난 이틀 동안 가족들을 돕기 위해 페기가 그곳에 간 것이다. 세상에 나오는 것을 아무도 원하지 않는 아기가 태어나는 동안 온 가족들이 비통에 잠겨 있는 모습을 상상했다.

"일찍 태어난 거야? 아주 작았겠지. 메리가 태어났을 때보다 작았고, 섀퍼 씨네 쌍둥이보다도 작았어. 살아 있었어? 어떤 아기들은 살아 있지 않다고 들었어."

그때 제이콥이 소리를 냈다. 처음에는 예전에 그랬던 것처럼 고양이 소리를 흉내낸다고 생각했다. 제이콥은 다시 고양이 소리를 냈다. 그런데 갑자기 그 소리가 갓 태어난 아기 소리라는 것을 깨달았다.

나는 두꺼운 체크무늬 담요에 덮인 제이콥의 어깨에 손을 얹었다. 제이콥은 내 손을 밀어 내지 않았다.

"아기는 새끼고양이 같아, 안 그래? 넌 갓 태어난 고양이들을 시냇가로 데리고 갔어. 페기가 말해 줬어. 넌 새끼고양이들에게 아주 착했다고 페기가 그랬어. 아기에게도 그렇게 했니, 제이콥?"

그때 제이콥이 거칠게 울부짖고는 내 손에서 어깨를 뺐다.

그때 마구간 문이 열리더니 아빠가 거기 서 있었다.

"캐티, 이제 제이콥을 데리고 가야 한다."

아빠가 말했다.

나는 제이콥을 막으려는 듯 제이콥 앞에 섰다.

"해치려 했던 게 아니에요, 아빠!"

"법정에서 가려질 거야."

나는 내 뒤에서 제이콥이 느끼고 있는 두려움을 느꼈다. 그리고 두려움과 함께 느껴지는 것이 있었다. 바로 분노였다. 내가 고양이 이야기를 했을 때 제이콥은 거칠고 성난 소리로 답했다. 그리고 바로 그 순간 나는 무슨 일이 있었는지 알 것 같았다.

"아빠! 난……."

"캐티, 네가 모르는 끔찍한 일이 일어났다. 난 제이콥을 지금 바로 데리고 가야 해."

아빠는 단호한 목소리로 말했다.

"하지만 아빠, 난 정말 알아요! 내가 봤다고요! 메리 방을 들여다봤을 때 봤어요! 빨간 머리를 보고 넬의 아기라는 것을 알았어요."

나는 내 자신에게 설명하듯, 속삭이는 목소리로 말했다.

"그건 젖어 있었어요. 하지만 아빠, 난 이걸 꼭 알아야 해요. 아기가 젖어 있었나요, 아니면 그저 사료 자루만 비에 젖었던 건가요?"

아빠가 당혹스러운 표정으로 나를 바라봤다. 내 생각에는 슬픈 표정인 것 같았다.

"아기의 몸은 말라 있었어."

아빠가 말했다.

나는 제이콥에게로 돌아서서 말했다.

"미안해. 내가 틀렸어, 제이콥. 양과 같은 거였어, 그렇지? 어미양이 외면했지만, 넌 이미 자기 아기가 있어서 젖을 줄 수 있는 더 좋은 엄마를 찾았잖아. 기억하지? 네가 나에게 골디를 준 날 너희 헛간에서 봤어."

나는 인형처럼 폭신폭신하던 그 양을 떠올렸다. 생명을 구할 수 있도록 제이콥이 찾아 준 엄마 옆에서 편안하게 있던 울타리 안의 그 양. 잘 먹어서 생기 넘치던 그 양은 내가 메리 침대에서 얼핏 본, 젖은 사료 자루에 싸여 잿빛으로 축 처져 있던 무서운 형체는 그것과는 전혀 닮은 점이 없었다. 하지만 제이콥은 넬의 아기를 우리 엄마에게 데리고 와서 살리고 싶었던 것이다. 나는 분명히 알 수 있었다. 그런데 아기는 너무 작았고, 밤은 너무 추운데다가 비까지 왔던 것이다. 그리고 오는 길은 너무 멀었다.

아빠 뒤 마구간 밖에서는 계단을 오르는 무거운 발소리들이 빗속을 뚫고 들려왔다. 더 많은 사람들이 도착해 우리 집에 들어가고 있었다. 시간이 얼마 남지 않았다는 것을 알았다. 나는 제이콥에게로 돌아섰다.

"이제 나가야 해, 제이콥. 사람들이 널 찾고 있어."

나는 담요를 걷어 내고 제이콥이 일어설 수 있도록 도왔다. 예전에는 내가 건드릴 때마다 물러서던 제이콥이 이제는 내가 자기 손을 잡고 사람들이 기다리고 있는 집으로 이끌도록 했다. 아빠가 앞장섰다.

사람들이 제이콥을 데려갈 때 내가 소리쳤다.

"아빠, 제이콥 모자는 벗기지 않게 해 주세요."

그 이후로 나는 머리가 이상한 소년을 보지 못했다. 재판은 제이콥을 마을 끝에 있는 어사일럼에 구금시키라는 결정을 내렸다. 나는 사람들이 소리를 지르거나 아무 말 없이 앉아 있고, 창문이 많은, 석조 건물에 있을 제이콥을 생각했다. 그러지 않으리라는 건 알고 있었지만, 어사일럼에서 제이콥이 바깥을 돌아다닐 수 있게 해 주기를 바랐다. 그러지 않으리라는 걸 알았지만, 제이콥에게 고양이도 주기를 바랐다.

그때 제이콥은 열네 살이었다. 1911년이었다. 50년 가까이 지난 후 어사일럼은 문을 닫았다. 남아 있는 환자들은 새 약물로 완화가 되어 가족들에게 돌아가거나 다른 곳으로 옮겨졌다. 하지만 내가 본 환자 목록에 제이콥의 이름은 없었다. 제이콥 스톨츠의 기록은 어디에도 없는 것 같았다. 어쩌면 오래 전 버려진 서류에는 제이콥에 대한 기록이 남아 있을지도 모른다. 그가 존재했으며, 동물을 사랑했고, 이름 없는 아기를 구하려 했으나 실패하고 말았다는 증거가 말이다.

○폴, 그 후
이야기

폴 비숍은 유년 시절을 보내고, 남자로 성장하고 한 아이의 아빠가 되었던 집에 거의 돌아오지 않았다. 폴은 코네티컷 기숙 학교를 졸업하고 부모님이 바라던 대로 프린스턴 대학에 진학했는데, 거기 법학 대학에서 불안하고도 만족스럽지 않은 2년 반을 보냈다.

폴이 스물세 살 되었을 때 유럽에서는 전쟁이 맹위를 떨쳤다. 폴 비숍은 부모님이 반대하는데도 법학 대학을 그만두고 미국 해병대에 입대했다. 폴은 기초 훈련을 마치고 프랑스로 떠나기 전 가족들에게 작별 인사를 하러 집으로 돌아왔으나, 비난과 분노로 그늘진 힘든 시간이었다.

그 무렵 오스틴과 나는 10대였는데, 우리의 어린 시절 우정이 그 이상의 어떤 것으로 수줍게 시작되고 있었다. 우리는 앞 베란다에 함께 앉아 비숍 씨가 카메라를 세우는 것을 지켜보았다. 폴의 엄마가 집에서 나와 남편의 최신형 자동차 옆에 섰다. 제복을 입고 진갈색 부츠를 신은 아들은 엄마 옆에 낯선 사람인양 뻣뻣하고 멋쩍게 섰다. 두 사람은 서로 가까이 다가서지 않았다. 폴이 쓴 모자의 챙이 눈에 그늘을 드리웠다. 마지막 순간에 로라 페이즐리가 달려가더니 자신의 새 강아지를 엄마에게 안겨주었다.

비숍 씨가 카메라를 만지작거리다가 두 사람에게 웃으라고 주문했지만, 두 사람에게는 불가능한 일인 듯 보였다. 나는 곧 우리 집을 떠날 페기가 우리 집 거실 창문을 통해 그 모습을 지켜봤던 것을 기억한다. 나는 그때의 페기의 얼굴 표정을 설명할 수가 없다.

1918년 6월 5일 해병대 제4여단 비숍 중위는 파리에서 8킬로미터 떨어진 벨로 우드라는 곳에서 벌어진 전투에서 죽었다.

○넬, 그 후
이야기

10월 그 밤 이후 넬이 농장을 떠날 때 아무도, 심지어 가족조차도 넬이 어디로 갔는지 몰랐다. 몇 년 동안 나는 조연 배우들 목록에서 넬이라는 이름이나 자기 이름보다 훨씬 매혹적이라서 선택했던 에반젤린 에머슨이라는 이름을 찾아보았다.

아빠 친구 중 한 사람이 볼티모어 선술집에서 일하고 있는 넬을 본 것 같다고 했다. 그의 말로는 커다란 웃음소리를 내고 지친 얼굴을 한 붉은 머리의 풍만한 여인이었는데, 다들 넬이라고 알고 있었다고 했다. 우리는 페기에게 이야기를 할지 말지 고민했다. 하지만 우리는 그것이 잔인한 일일 것이라고 생각하고 아무 말하지 않았다.

○페기, 그 후
이야기

페기는 메리가 학교에 들어갈 때까지 우리 집에 있었다. 그리고 페기가 스물한 살이 되었을 때 집으로 돌아가 몇 년 동안 기다려 준 농장 일꾼 플로이드 리먼과 결혼했다. 시골 교회에서 있었던 두 사람의 결혼식에 우리도 참석했고, 페기가 우리 집에 있을 때 좋아했던 것과 같은 금테 두른 그릇들을 선물했다.

결국 페기와 플로이드는 스톨츠 농장을 물려받아 방을 더 만들고 배관 공사를 해서 딸 셋과 페기의 부모님과 함께 살았다. 그 개도 열일곱 살이 될 때까지 함께 살았다. 함께 사는 동안 개는 문이 열릴 때마다 마치 잃어버린 누군가가 돌아올 것처럼, 머리를 들고 기다렸다고 한다.

∘ 스카일러 제분소,
   그 후 이야기

　불에 탄 제분소 자리는 오랫동안 손대지 않은 채 버려져 있었다. 1928년, 오스틴과 내가 결혼했을 때 오스틴의 부모님과 우리 부모님은 함께 그 땅을 사서 결혼 선물로 우리에게 주었다. 제분소를 집으로 다시 만드는 데는 꼬박 2년이 걸렸다. 그때쯤 자동차는 더 이상 진기한 물건이 아니라 흔한 일상이었고, 진흙이었던 길은 포장이 되었다. 시골에서 사는 것은 내게 수월한 일이었고, 응급 환자 때문에 호출을 받으면 차를 타고 금세 병원에 도착할 수 있었다.

　우리 아이들은 여기서 자랐고 다 자란 후엔 멀리 떠났다. 그리고 자기 아이들을 데리고 다니러 왔다. 그리고 이젠 손자들이 자기 아이들을 데리고 온다. 작년에 세상을 떠날 때까지 역사 학자였던 오스틴은 자신의 서재에서 매일같이 글을 썼고, 빠르게 흘러가는 시냇물을 내다보았다. 오스틴은 그것이 생각하는 데 도움을 준다고 했다.

나는 밤이면 이리저리 포말을 일으키는 물 소리를 들으며, 가끔 아직도 내 기억 속에서 들리는 커다란 맷돌의 슈우우다, 슈우우다, 슈우우다 소리를 듣곤 한다. 그리고 맷돌을 보며 그곳에 서 있던 소년의 모습을 떠올린다.

내 인생의 수많은 순간들

Q. 『침묵에 갇힌 소년』은 예상 밖의 놀라운 결말을 맺고 있다. 이런 결말을 염두에 두고 이야기를 쓴 것인가?

A. 처음에 글을 쓰기 시작할 때는 『침묵에 갇힌 소년』을 어떻게 끝을 맺을지 확신이 없었다. 하지만 분명히 생각하고 있었던 건 이 소년 제이콥이 굉장히 불안한 일을 경험할 거라는 사실이었다. 이 소설의 시작점이 되었던 한 장의 사진 때문이었다. 이 사진은 나의 대고모님이 (내 생각에) 1911년에 찍은 실제 사진인데, 나는 그 소년에 대해서는 아무것도 모른다. 하지만 소년의 표정을 보고 있으면 소년이 정신적 충격을 경험했거나 자신이 저지르지 않은 일 때문에 혼이 난, 상처 받은 아이였을 거라는 생각이 들었다.

Q. 노인이 된 캐티가 어린 시절의 결정적 순간으로 이 이야기를 회상한다. 모든 아이들이 그들의 인생을 바꿀 이 같은 순간이나 경험이 있다고 생각하는가? 이 이야기를 쓰고자 결정했을 때 당신은 어린 시절의 그런 순간을 생각하고 있었나?

A. 모든 사람들이 어린 시절이나 그 이후에라도 결정적 순간을 경험한다고 생각한다. 하지만 내성적인 사람들만이 그러한 순간들을 인지하고 기억한다. 나는 젊은 시절 아주 내성적이었고, 특별한 환경들이 사물을 보는 내 시각을 바꾸었던 내 인생의 수많은 순간들을(어린 시절을 포함해서) 기억하고 있다. 그중 한 순간은 『Open Your Eyes』라는 작품집 안에 들어간 단편소설 「Empress」의 주제가 되기도 했다.

하지만 『침묵에 갇힌 소년』은 내가 경험한 결정적 순간을 생각하면서 쓴 것은 아니다. 나는 말 그대로 소설을 쓴 것이고, 작가는 소설 속에서 중요한 장면들을 창조해 내려고 노력하는 것이다. 그 장면들, 즉 캐릭터들이 변화를 경험한 순간은 작가가 플롯을 발전시키기 위해 노력한 결과이다.

Q. 프롤로그에서 캐티는 손자들의 질문에 대답하기 위해, 손자

들을 위해 이야기를 쓰고 있다고 설명하고 있다. 하지만 캐티가 과거를 치유하는 방편으로 이 이야기를 쓰고 있다는 것을 알 수 있다. 이 이야기는 어떻게 쓰게 된 것인가?

A. 이제는 노인이 된 캐티가 지금까지 늘 자신을 사로잡고 있던 이야기를 말할 필요를 느꼈을 것이라고 생각한다. 십여 년 전, 죽은 내 언니의 이야기인 첫 소설『그 여름의 끝』(보물창고, 2007)을 썼을 때 나 역시 그랬다. 나의 또 다른 소설『그 숲에는 거북이가 없다』(양철북, 2005)도 마찬가지이다. 비극을 설명하는 방법을 통해 어린 시절의 비극을 다시 이야기하는 것, 그것이『침묵에 갇힌 소년』에서 캐티가 한 일이다.

내 생각엔 그림이나 음악에 재능이 있는 사람도 마찬가지일 거라고 생각한다. 예를 들어 말러가 〈죽은 아이를 그리는 노래〉를 작곡했을 때도 그랬다. 그런데 나는 글 쓰는 재주가 있었고, 나는 내 삶의 사건들을 되돌아볼 방법을 문학이라는 장르를 통해서 찾은 것이다.

Q. 다양한 장르의 글을 써 왔는데, 역사소설을 쓰는 것과 과학소설을 쓰는 것은 어떻게 다른가? 그리고 특정 시대를 배경으로

한 소설을 쓸 때와는 또 어떻게 다른가?

A. 물론 조사 방법과 세부적인 정확성을 위한 노력에 차이가 있다. 어느 소설에서나 그 모든 게 필요하겠지만. 그러나 『별을 헤아리며』(양철북, 2003)처럼 실제 역사 사건을 다룰 때나 『침묵에 갇힌 소년』처럼 역사적 시대를 배경으로 할 때는 사건들을 특별히 배치해야 한다. 사실, 조사하는 일은 재미있다. 『침묵에 갇힌 소년』을 쓸 때는 1906년에 태어난 나의 어머니가 살아 있었으면 하고 바라기도 했다. 어머니가 살아 있었다면 그 당시 옷이나 게임, 가구, 그밖에 모든 것들에 대한 이야기를 해 줄 수 있었을 테니까. 사실은 그렇지 못했기 때문에, 초창기 시어스 카탈로그에서 세부적인 것들을 많이 찾아봤다. 하지만 어머니에게서 듣는 것만큼 직접적이지는 못했다.

Q. 왜 제이콥의 관점과는 반대되는 캐티의 시선에서 이야기를 쓰기로 한 것인가? 이야기를 쓰고자 할 때 누구의 시점에서 이야기할지는 어떻게 정하는가?

A. 제이콥은 목소리가 없다. 그래서 그의 이야기를 해 줄 적당한 '목소리'를 찾았는데 나의 어머니가 그 당시 아이였다는 생각이

났다. 나는 어머니의 오래된 사진을 찾았고 내 어머니가 캐티가 되었다. '캐티'는 어머니의 실제 이름이기도 하다. 그 결정은 작가로서 내게 대단한 도전을 하도록 해 주었다. 왜냐하면 신뢰할 수 없는 화자, 즉 너무 어려서 자기가 묘사하고 있는 일들을 완전히 이해할 수 없는 아이, 하지만 그 일들을 묘사할 수 있을 만큼 논리 정연한 아이를 화자로 사용한다는 의미였기 때문이다.

나는 1인칭 시점으로 쓰는 것도 좋아하고, 3인칭 시점으로 쓰는 것도 좋아한다. 어쨌든 각각의 이야기는 그 이야기만의 서술 관점이 있는 것이다.

Q. (『기억 전달자』에서처럼) 특별한 재능이나 지식 때문에 세상으로부터 단절된 아이의 이야기를 자주 쓰는 것 같다. 제이콥 역시 마음의 문제로 인해 세상으로부터 단절되었다. 이런 이야기를 쓰는 이유는 무엇인가?

A. 소설에 있어서 가장 재미있는 주인공은 몇 살이든, 늘 똑똑하고 빈틈없고 논리 정연한 사람이다. 이 이야기는 제이콥의 이야기이긴 하지만, 제이콥은 『침묵에 갇힌 소년』의 진짜 주인공이 아니다. 제이콥의 이야기를 회상하고 이해하는 데 날카로운 시각을

가진 화자 캐티가 주인공이다. 물론 캐티의 이야기이기도 하다.

하지만 중요한 것은 이 작품에서 제이콥이 아웃사이더라는 사실이다. 어떤 이유로든 세상과 단절된 사람은 글 쓰는 작가에게는 늘 매력적인 캐릭터이다.

흑백 사진이 불러오는 아련한 이야기

지금이야 휴대 전화나 디지털 카메라로 찍은 사진을 파일로 보관하지만 불과 10여 년 전만 해도 필름을 인화한 사진을 앨범에 담았다. 장롱 깊숙이 앨범을 보관해 두었다가 가끔 꺼내어 보는 재미는 컴퓨터 파일을 클릭하며 보는 것과는 또 다른 맛이다. 앨범 속에는 내가 알지 못하는 친척 할머니에게 안긴 내 어릴 적 모습도 있고, 오랫동안 만나지 못한 사촌과의 다정한 시간도 있고, 부모님의 젊은 시절도 있다. 사진이 불러오는 기억 속에는 내가 잊고 있던 사람과 그 시간들이 고스란히 담겨 있는 것이다. 이 작품은 한 장의 낡은 흑백 사진에서 시작되었다. 낡은 작업복을 입고 모자를 눌러 쓴 무표정한 소년의 사진이 이야기를 불러온 것이다.

100여 년 전의 시간으로 거슬러 올라가는 이 작품은 아버지가 의사인 캐티와 가난한 농장에서 남의 집 더부살이를 하러 온 페기, 이 두 소녀의 이야기를 큰 축으로 하고 있다. 작가 로이스 로리는 유복한 소녀와 가난한 소녀의 삶을 대비시켜 놓고 있는 것이다. 그런데 놀랍게도 이 작품에는 지금 우리 사회에서 문제시 되는 빈부간의 격차에서 오는 괴리감이나 반목, 질시 같은 것들을 찾아볼 수 없다. 오히려 두 계층을 이어주는 따뜻한 정이나 인간미가 전해져 읽는 이의 마음을 훈훈하게 한다.

로이스 로리는 이 작품 속에서 많은 이야기를 하고 있다. 장애인을 바라보는 시선, 여성의 삶, 가난한 자의 삶, 꿈, 그리고 예측할 수 없는 미래……. 음지에 놓여 있는 이와 같은 문제들을 이야기하면서 작가는 결코 목소리를 높이지 않는다. 서정적이고 아름다운 문체에 담겨 있어 더욱 강렬하게 가슴에 와닿는다.

뉴베리상을 두 번이나 수상한 작가답게 이 작품에서도 로이스 로리는 자신의 저력을 아낌없이 보여 주고 있다. 특히 동네에 처음 들어온 카메라와 자동차를 온 동네 사람들이 신기하게 바라보는 20세기 초 사회 모습을 섬세한 묘사로 생생하게 그려냈다. 예상을 뒤엎는 놀라운 반전 또한 독자들이 한번 펼쳐 든 책을 쉽게 내려놓지 못하게 한다.

책의 마지막 장을 덮으며, 진실을 말하지 못한 채 열네 살이라는 어린 나이에 세상으로부터 격리된 소년 제이콥 때문에 마음이 답답할지도 모르겠다. 그러나 그 답답함은 오히려 침묵에 가려진 진실을 말할 수 있는 용기에 대해 다시 한번 생각해 보는 동기로 작용할 것이다.

—옮긴이 최지현

침묵에 갇힌 소년

초판 발행 2019년 10월 30일
지은이 로이스 로리 | **옮긴이** 최지현 | **펴낸이** 신형건
펴낸곳 (주)푸른책들 · 임프린트 에프 | **등록** 제321-2008-00155호
주소 서울특별시 서초구 양재천로7길 16 푸르니빌딩 (우)06754
전화 02-581-0334~5 | **팩스** 02-582-0648
이메일 prooni@prooni.com | **홈페이지** www.prooni.com
카페 cafe.naver.com/prbm | **블로그** blog.naver.com/proonibook
ISBN 978-89-6170-739-8 03840

* 잘못된 책은 구입한 곳에서 바꾸어 드립니다.
* 이 책은 『그 소년은 열네 살이었다』(보물창고, 2008)로 처음 출간된 바 있습니다.

이 도서의 국립중앙도서관 출판시도서목록(CIP)은 서지정보유통지원시스템 홈페이지(http://seoji.nl.go.kr)와 국가자료공동목록시스템(http://www.nl.go.kr/kolisnet)에서 이용하실 수 있습니다. (CIP제어번호: CIP2019036403)

⨍ 에프 블로그 blog.naver.com/f_books